遠ざかる真永の心を
に腰を律動させた鳳成の雄が、
真永の身体の最奥を抉る。
「真永——真永……この星を俺にくれ……」
背後から聞こえた呻きは臓腑を絞り出すようだ。

火恋《ひれん》

千島かさね

Illustration
yoco

B-PRINCE文庫

※本作品の内容はすべてフィクションです。
実在の人物・団体・事件などには一切関係ありません。

CONTENTS

火《ひ》恋《れん》

壱.

丘の上から一望する村は、芽吹き出した柔らかい緑にうっすらと被《おお》われ始め、生き生きした季節の到来を予感させる。

枯れ草交じりの草原は朝露がまだ乾いていないが、鳳成《ほうせい》は腰を下ろし、深い吐息をつく。じっと見つめる視線の先には、頰を赤くしながらなだらかな傾斜を駆け上がってくる青年の姿があった。

「待った？　鳳成」

「待ったぞ。おまえはいつも遅いな、幸真《こうしん》」

息を切らし、華奢《きゃしゃ》な肩で息継ぎをしながら問いかける青年を引き寄せ、鳳成は甘く咎《とが》める。

「ごめん。鳳成と会うってお祖母ちゃんに言ったら、これを持っていけって、出しなに引き留められたんだ」

鳳成の隣に座り肩を抱かれた幸真は、山鳩色の上着の懐から竹の皮に包んだ干し山査子《さんざし》を取り出し、鳳成に見せた。

「恵小《けいしょう》さんが作ったのか？」

「そうだよ。時間があるときに、山査子の実を摘んできて作ってるんだ。傷のない綺麗《きれい》な実が採れて上手にできたから、鳳成にも食べてほしいって言ってた」

黒目の大きな丸い瞳を向け、無邪気な笑顔で干し山査子を勧める幸真に礼を言い、一切れを摘《つま》んで口に入れた。甘酸っぱい味が、日向の香りと一緒に口の中に広がり、幸真の祖母の気遣いがしみてくる。

両親を不慮の事故で亡くした幸真は、祖母の恵小と二人暮らしだ。畑ともいえないほど小さな土地で農作物を作り、それを生活の糧にしている。二人とも働き者だが、どれほど身を粉にして働いたところで、収穫量などたかが知れている。幸真と祖母は食べるのがやっとの暮らしで、菓子のような嗜好品《しこう》を買う余裕はないだろう。

それでも恵小は孫のために、甘い干し果実を作り、生活を潤わせる術《すべ》を知っている。

「美味《おい》しいよ。恵小さんに御礼を言っておいてくれ」

嬉《うれ》しそうに頷《うなず》く幸真の口に新しく摘んだ山査子を入れて、鳳成は膨らんだ頬をつついた。白い耳たぶの下で切ったさらさらした真っ直《す》ぐな髪が、鳳成の指をくすぐる。

「美味しいだけじゃなくて、山査子は身体にいいんだ」

「ふぉんと?」

もぐもぐと口を動かしながら見開かれた大きな目は、無邪気な好奇心に溢《あふ》れていた。

こういう顔をするとまだまだ少年のようで、大人扱いされてもおかしくない十八歳の青年には見えない。

「ほんとだ。胃を丈夫にする。おまえは腹が弱いんだからせっせと食べろ。干したものなら腹も冷えない。この間、野苺《のいちご》を食べたぐらいで腹痛を起こして唸《うな》っただろう」

「あれはちょっと食べ過ぎただけ。普段はなんでもないよ」

照れて赤い頬が熟れた野苺のように愛らしく、鳳成は苺よりも幸真のほうが絶対甘いはずだと、内心愚にもつかないことを考えてしまう。

「子どもじゃあるまいしな。でも本当に、山査子は身体にいいんだ。活力が出る」

「へぇ、そうなんだ。じゃあお祖母ちゃんにも、たくさん食べるように言っておこう。僕の言うことは聞いてくれないけれど、お医者さまの鳳成の話なら信用してくれるから」

「医者と言っても、まだ見習いだ」

「でもいつかはきっと、鳳成はお父さんのような、立派なお医者さまになるんでしょ」

幸真の口調に尊敬と、隠しきれない寂しさが交じる。

この小さな村に、医者は一人しかいない。

鳳成の父、晋燕成《しんえんせい》がそのたった一人の医者として村人たちの尊敬を一身に受け、息子の鳳成はその跡を継ぐべく医術の勉学に励んでいた。

村の期待を担う鳳成もまた、父と同じように村になくてはならない人間の一人だ。明日いなくなっても村人に気づかれないような幸真とは、まったく立場が違う。

この村で幸真がひとかどの人物として扱われることは現在はおろか将来もあり得ないだろう。幸真がいつもそれを重たく感じていることを、鳳成はもちろんわかっている。

「なれればいいけどな」

重くなりそうな雰囲気に気がつかない振りで、軽く答える。

だが幸真は笑おうとして失敗し、ぎこちない仕草で俯《うつむ》いた。

「……なれるよ、鳳成なら。きっと村の役に立つ人になる」

硬い表情で幸真は、鳳成の未来を口早に予言する。

「そしてまた、鳳成の子どもが立派なお医者さまになるんだよ」

「幸真!　その話は何度もしただろう」

ぎゅっと肩を抱き寄せて、鳳成は口調を強めた。

「俺は幸真以外の人間を好きになることはない。おまえと結婚できないなら、結婚なんてしない。今はまだ一人前じゃないから、こんなふうにしか会えないけれど、独り立ちしたら必ずおまえと一緒になる。約束だ」

「……ありがとう……でも、そんなわけにはいかない」

肉付きの薄い身体を鳳成に預けたまま、幸真は頑固に言い張る。細い頰の線に、意志の強い色が浮かぶ。身体はどこまでも寄り添うが、心にはしっかりと自分を保っている幸真は、ときに手強《てごわ》い。

「村の人は、鳳成のことも燕成先生と同じように、一人前のお医者さまだと認めてる。それに鳳成だってもう二十三歳だし、いつまでも好き勝手はしていられないよ。ちゃんとした家の、立派なお嬢さんと結婚して、お父さんの跡を継がなくちゃ駄目だ。そうじゃないと、村中の人が困る」

幸真は苦労している分、お坊ちゃん育ちの鳳成よりも世間の目に敏感で思惑も読める。互いの気持ちが一つでも、絶対にこの恋は叶《かな》わないことを、始まったときから覚悟しているらしく、こうやって何度も同じ主張を繰り返す。

そのたびに鳳成もまた頑強に否定し、その意見を受け入れることはない。

「俺は医者になる。そしてこの村の人のために働く。その覚悟はちゃんとある。そして同じぐらい強い気持ちで、俺は幸真を愛している。おまえが何を言おうと、絶対に離さない」

震える身体を引き寄せ、語調を強める。

「そうしたら鳳成の跡を継ぐ人がいなくなって……村の人たちが困るよ」

迷いが滲《にじ》む消え入りそうな声の底には、愛《いと》しい相手からの愛の誓いに華やぐ色が隠せない。

それでも幸真は頑《かたく》なな表情で、鳳成の思いをはね返そうと足掻《あが》く。

「僕はいいんだ。僕はね……」

うっすらと歪《ゆが》んだ笑みを作り、鳳成を見あげる。

「僕は、鳳成が僕を好きだって言ってくれただけですごく嬉しい。この先一人になっても、鳳成と一緒にいられた時間を思い出せば、いつだって幸せになれる」

「幸真、思い出なんて何の役にも立たない――」

「そんなことはないよ」

鳳成の苛立《いらだ》ちを、幸真は柔らかな口調で遮った。

五歳も年が下だが、ときおり見せる幸真の意志の強さは力だけでは押し切れないしなやかさがあり、気圧《けお》された鳳成は口を噤《つぐ》む。

「ずっとずっと鳳成を思い続けて、幸せを願っていれば、身体の中にその思いが染みこんで、僕の血になり肉になる。僕の迷いのない願いはいつかきっと叶う。今は無理でも、いつか生まれ変わったら鳳成と結ばれて、今度こそずっと二人でいられるはずだよ」

遠くを透かし見る幸真の瞳に鳳成が決して望まない未来が映っているようで、背中がひやりとした。

「そういうのを世迷《よま》い言っていうんだぞ、幸真。第一生まれ変わったら、もう何も覚えていないじゃないか」

嫌な予感を振り払うために、精一杯軽い調子で茶化す。だが幸真はそれに乗らずに、真剣な眼差《まなざ》しで鳳成を見返した。

「鳳成は、忘川河《わすれわたりのかわ》の話を聞いたことがない？」

「忘川河って……なんだ？」

その先を聞きたくないような奇妙な不安に駆られながらも、幸真の放つ静かな迫力に鳳成は話の流れを遮れない。

「うん、僕もお祖母ちゃんに教えてもらったんだ。人は死んで冥土に行く前にこの世と別れを告げるために『忘川河』という河を渡るんだって」

「ああ、そういうのか。……ちょっとしたおとぎ話だろうね。恵小さんが小さいころから聞いてきた、子どものための作り話の一つだろう」

わざと気のない声を出したが、幸真は自分の心を覗《のぞ》き込むのに夢中になっているように、一点を見つめて続ける。

「忘川河を渡るための橋には、番人がいるんだ。その番人がくれる『忘情水《わすれなさけのみず》』を飲むと、現世でのことを全部忘れるんだよ。苦しかったことはもちろん、楽しかったことも、全部忘れてしまう。そして次にまた新しい命をもらったときは、何もかもが初めてのまっさらの人生を送る。でも、忘情水を飲まなければ、それまでのことをずっと覚えたまま、新しい命がもらえる――」

鳳成にもたれたまま、幸真は両手を祈りの形にしっかりと握りしめた。

「僕は絶対に鳳成を忘れないで、また生まれてくる。どんな苦しいことや哀《かな》しいことがあっても、鳳成を忘れるなんてしない。鳳成への気持ちをこのままにして、次の命をもらうんだ」

良くできてはいそうだが、根拠などどこにもないただのおとぎ話だ。

なのに信じ切って、ありもしない未来を語る幸真に、自分の無力を突きつけられているように感じてしまい、鳳成は苛立つ。

「ばかばかしい」

意図せずに吐き捨てる口調になり、腕の中で幸真がびくんと反応したが、鳳成は乱暴に続ける。

「恵小さんの昔話を悪く言うつもりはない。子どもたちを宥《なだ》めるためや、叱るためのたとえ話からできたんだろうね。けれど、そんなものは単なる言い伝えだ。信じるなんてばかばかしい」

「そうかな」

年上で、医者になろうとしている鳳成を無条件で尊敬している幸真が、意見に同意しないのは珍しい。

「鳳成は頭がいいし、お医者さまだから、ちゃんとした根拠がないことは信じないんだろうけれど……僕は少し違う。目に見えることや、理由があることばかりが、全部じゃないと思うんだ……上手く言えないけれど、目に見えない本当のこともあるような気がする」

一点を見つめながら、幸真は真剣に続ける。

「だから僕は一所懸命鳳成を思う。今、この世で思いが叶わなくても、いつかきっと叶うって信じてるんだ」

「幸真……」

あまりに直向《ひたむ》きな様子に、鳳成は否定の言葉を一度飲み込んだ。

けれど鳳成は前世も来世も信じていない。仮に信じたとしても、鳳成が愛しているのは今を生きている幸真だ。

腕の中に今いる、夢見がちな瞳をした幸真だ。素直で優しくて、けれどときに強く、折れることなくしなやかな彼だけだ。

この世で彼を幸せにすることだけが鳳成の願いで、来世を待つなどまだるっこしい。

「十人いれば十通りの考え方がある。おまえがどう考えようと、おまえの自由だ。けれど俺は、どんなにもっともらしくてもそんな伝説は信じない。来世なんてばかばかしくて考えられない。俺は、今のおまえが大切で、今俺の側《そば》にいるおまえを愛している。俺は今この世でおまえを幸せにする」

きっぱりと宣言して、鳳成は細い身体を強く引き寄せる。

「でもな、安心しろ、幸真」

柔らかい耳朶《じだ》を唇で噛《か》みながら、鳳成は囁《ささや》く。

「万が一、おまえを幸せにできないままに俺があの世に逝ったときは、その忘情水とやらを飲まないで、俺は忘川河を渡るよ」

「……ほんと？」

噛まれた耳を赤くした幸真が消え入りそうな声を出す。

「ほんとだ。でもな、幸真。一つだけ教えてくれ」

「何？」

「生まれ変わったら顔は変わるんだろう？　どうやって探すんだ？」

「それはね」

鳳成の息が吹きかかった頬をくすぐったそうに赤くして、幸真は嬉しげに答える。

「忘川河の橋には番人がいるんだ。忘情水を飲まなかったら、番人がその人の頬を指でつついて窪《くぼ》ませる。だから『えくぼ』のある人を本気で探せば、運命の相手が必ず見つかるんだって」

「えくぼねぇ……」

真剣に語られるあまりに非現実的な話について行けず、声に交じる苦笑を隠せない。すると、幸真の眼差しが哀しげになり、鳳成は取りなしにかかる。

恋人でも相手の考え方まで強制する権利はない。来世に希望を託す幸真が腹立たしくて、大人げなく追い詰めそうになる自分を戒め、鳳成は苦笑を明るい笑いに変えて、幸真の頬を指で軽くつついた。

「俺には似合わないだろうけど、おまえにえくぼがあるのも、きっと可愛《かわい》いな」

「……そんなことない。でも鳳成は生まれ変わっても、すごく素敵に決まってる。だから、えくぼなんかなくても僕にはすぐわかる」

「素敵か？　そんなことを言うのは幸真だけだ。視力は大丈夫か？　診てやろうか」

軽口で受け流すと、幸真は少しだけむきになる。

「素敵だよ。いかにも頭がいいなっていう目に、鼻も真っ直ぐで口も歪んでない。背だって僕より頭一つぐらい高いし、肩幅が広くてすごく立派だよ。お祖母ちゃんも『天子さまみたいに、凜々《りり》しい人だ』って言ってたよ」

「それはまあ、勿体《もったい》ない褒め言葉だ。ありがたく受け取っておこうか……俺は幸真みたいに、えくぼが似合いそうな、優しい顔のほうがいいけれどな」

「女の子みたいな顔だよ」

恥ずかしそうに微笑《ほほえ》む幸真の頬をつついた指を、鳳成はそのまま細い肩に滑らせる。

「おまえは可愛いよ。それに何より特別な星を持っている……すごく綺麗だぞ」

「星って？」

不思議そうな目をする幸真の背中に手を回し、右側の貝殻骨の上を指でゆっくりと有名な星座の形に辿《たど》った。

「おまえのここに、七つのほくろがある。繋《つな》ぐと夜空にかかる北斗七星と同じ形だ」

「ほんとに？」

驚いて自分の背中を見ようと首を捻《ひね》る幸真の視線の先、鳳成は指でもう一度星の形を作ってみせる。

「ここにある」

「……そうなの？」

「ああ。俺しか知らないけれどな」

思わせぶりに囁くと、自分の肌の秘密を知る恋人の甘いからかいに、幸真の首筋から頬までが一気に赤く染まった。

男とは思えないほど肌理《きめ》の揃《そろ》った白い肌に浮き上がるほくろは、鳳成の愛撫《あいぶ》で肌が染まると、艶を帯びて発光するように見え、夜空に輝く七つの星を思わせる。

「七つの星はすごく綺麗だ……おまえにも見せてやりたいよ」

鳳成の口調が自然に熱を孕《はら》む。自分の愛撫で輝く恋人の背中の星は、鳳成の愛を量っているような気がしている。

「北斗七星は決して沈むことがない。おまえの背中の星も永遠に沈まない、おまえだけの星だ。だから俺の星だ。違うか？」

「違わないよ。僕のものは全部鳳成のものだから……背中にある星のことを僕は知らなかったけれど、鳳成が知ってくれていればそれでいい。鳳成が僕のことを全部見ていてくれれば、僕はそれでいいんだ」

目を潤ませて微笑む幸真を、鳳成は強く抱き締める。

「さっきの話じゃないけれど、俺がおまえを探すときはえくぼじゃなくてこの星を目印にするよ」

「でも顔が変わるみたいに、生まれ変わったらなくなるんじゃないかな」

不安げな目をする幸真に鳳成は首を横に振ってみせる。

「北斗七星は決して沈まない。おまえの背中の星も同じだ。たとえおまえが何度生まれ変わってもきっと同じ場所で輝いて俺を呼ぶに違いない」

忘川河の話も忘情水の逸話も信じているわけではない。けれど鳳成は何度生まれても、彼と巡り会うことは何故か信じられた。

どんな障害があろうと、彼を幸せにしよう。それが永遠に続く自分の幸せだ。

「愛している。幸真。きっと幸せにする」

肯定も否定もせずに震える息を吐いた唇に、鳳成は誓いを込めて唇を重ねた。

柔らかく温かい唇を味わうのに夢中になっていた鳳成は、背後に流れた黒い影に気づくことができなかった。


鳳成の家は五色に塗り分けた大門と、石造りの三房からなる、村一番の屋敷だ。堅牢《けんろう》で美しい三房がコの字形に囲む中庭は専属の庭師が手入れをし、雑草一本生えていない。

村でただ一人の医者で鳳成の父である晋燕成は、村長よりも尊敬を受け、権力も財力も桁外れだ。

屋敷の門をくぐりながら、鳳成は足が重くなる。

医者としての父は敬っているし、医術の腕も信頼している。学ぶべきところはたくさんある。けれど、医者が村人の誰よりも贅沢《ぜいたく》をしていていいのだろうか。人の命で過分に金を稼ぐことに迷いがあった。

金が払えない者は、薬代の代わりのものを差し出す。

米や野菜だったり、魚だったり、織物だったりといろいろな場合があるが、それは全て彼らの仕事の成果物だ。父はためらいなく受け取り、金にこだわらない優しい先生だと村人に言われている。

けれど薬代の代わりにそれらを受け取れば、彼らは結局また金を得る手段を失い、食べるのも満足に食べられずに病気になる。

その繰り返しをどこかで断ち、病を得ない方法を教えてやらなければ、本当の医者とは言えないのではないだろうか。

――医術は慈善事業ではない。金がかかるのは当然だ。おまえのような甘い考えでは、共倒れになる。

父のやり方に異を唱えるたびに、燕成は鳳成の言うことを一刀両断した。

確かに父の言うことは正論だ。けれど何かが違う。本当に村人のことを考えるならば、身体の内にある病気の種を消すことをまず優先するべきだ。

村人の病で潤った屋敷に足を踏み入れるたびに、鳳成はその思いを強くする。

いつか父を超える医者になり、自分の思うようにやってみたい。

そして、そのとき側にいるのは、幸真だ。

幸真は跡継ぎの心配をしているが、医者は世襲制ではない。能力とやる気があり公平で正義感を持った人間が医者になるべきだ。必ずそういう人を見つけて、今度は自分が教える。そのために今は、ひたすら父の教えを請うしかない。

自分を叱咤《しった》し長い廊下を部屋に向かう鳳成の背後から、いきなり声が飛んできた。

「鳳成！」

言葉だけでも背中を打たれるような強さに驚き、心構えもないまま反射的に振り返る。

「お父さん……、どうしたのですか？」

鳳成は父の鋭い双眸《そうぼう》を見返した。

理知的で男性的な風貌はそのまま息子に受け継がれているが、燕成の目には鳳成にはない世俗の濁りがあり、あまり相似を感じさせない。

しかも何かを激しく怒っているらしい。年齢の重みを感じさせる整った顔がひどく歪んで見えた。

「おまえ、今まで何をしていた？」

感情を抑え過ぎたように父の声が掠《かす》れる。

「……何？　散歩していましたが……」

言葉の裏が読めずに、鳳成は曖昧に語尾を濁す。

幸真との関係を今はまだ口にできない。後ろめたさからくる隠しごとというより、価値観の違う父から幸真を守りたい気持ちが強かった。

まだ医者として一人前とは言えない自分では幸真を庇《かば》いきることができない。誰に言われなくても、鳳成自身がわかっていた。

だが鳳成が必死に作る薄い壁を燕成が突き崩す。

「誰と一緒だったんだ？」

その言い方に込められた悪意に、背筋がぞくっとした。

父は何かに気づいた――鳳成は父の憤怒《ふんぬ》に燃えた目を必死に見返す。

ここで折れてはならない。非力でも力の限りに幸真を守らなければならない。

「友人と話していましたが、それが何か？」

「友人……。おまえは――男の友人を、女のように扱うのか？」

汚いものを口にしたように、燕成の唇が歪む。

突きつけられた事実はあまりにいきなりだった。上手く言葉が作れずに、鳳成は無言で父を見返した。

「乾《けん》幸真だな」

また吐き捨てるように言われ、鳳成は覚悟を決めた。

知られてしまった事実を取り繕うことはできないし、するつもりもない。いずれは言うつもりだったことが、早まっただけだ。自分の揺るがない思いを伝えるしかないと腹を括《くく》り、鳳成は口を開く。

「そうで――」

最後まで言わないうちに父の平手が頬に飛んできた。凄《すさ》まじい勢いで頬を打たれた鳳成はよろめき、壁にしたたかに背中を打ちつけた。

「恥を知れ！　馬鹿者！」

背骨が痺《しび》れるほどの衝撃をこらえて体勢を立て直す前に、もう一度頬を打たれ鳳成は身体を折って屈《かが》み込む。容赦のない力で口中が切れたらしく、錆《さ》びた鉄のような血の味が舌に広がった。

「いったいどういうつもりだ、鳳成！　見たのが私だったからよかったようなものの、他の人間に見られたら、どんな騒ぎになっていたかわからんぞ！」

唇の端から流れる血を手の甲で拭い、鳳成は父を見あげる。

「どういうつもりもこういうつもりも、答えは一つです。お父さん」

憤怒で顔色をどす黒く変えた父から視線を逸《そ》らさずに、鳳成はゆっくりと立ちあがる。

背筋を伸ばして向かい合えば、父の背をとうに追い越しているのが視線の高さでわかる。

何も怖《おそ》れる必要はない。自分はもう充分に大人だ。幸真もそう言ってくれたことを、鳳成は思い出しながら、今度はしっかりと最後まで言う。

「僕は幸真と愛しあっています」

「な、何を、馬鹿な！」

まさかあっさりと事実を認めるとは思わなかったのだろう。あまりにきっぱりした鳳成の答えに、父が言葉を詰まらせる。

「相手は男だぞ。血迷ったか！」

「血迷ってなどいませんし、幸真が僕と同じ男なのも忘れていません。でもそんなことはどうでもいいほど、僕は彼が好きなのです」

「鳳成、おまえは医者にならねばならんのだ。わかっているのか」

息子の言うことをまったく理解できない父の頬が、ぴくぴくと醜く引きつる。

「もちろんです。僕は医者になり村のために尽くします。その気持ちに変わりはありません」

「それならば格式が高く財力のある家の娘を嫁にして、村人から尊敬されなければならん。あんな教養も金もない者など、たとえ女でも相手にしてはならん！」

父の俗物らしい側面が剥《む》き出しになり、鳳成の心を抉《えぐ》る。

「おまえの相手はもう、私が心づもりをしてある。晋家に相応《ふさわ》しく、おまえの格も引き上げることに間違いない、美しくて教養の高い娘だ。ろくに文字も読めないような、無教養な下層の人間など、顔を見るのも穢《けが》らわしいわ！」

世俗にまみれた価値観を振りかざし、品のない言い回しで人に優劣をつける父に、鳳成は愕《がく》然《ぜん》とする。

これまで、自分が師と仰ぎ、父と敬ってきたのはこんな人だったのか。抱いていた尊敬と一緒に愛情までもが粉々になり、鳳成は初めて一人の他人として燕成を見つめる。

「幸真はいい子です。素直だし、優しい。両親を亡くしたあと、お祖母さんを助けて一所懸命働いています。幸真が貧しいのは、幸真のせいではありません」

鳳成は必死に自分を保って冷静に言い返す。醜い感情の渦に巻き込まれるのは避けたい。

「正式な学問をしたわけではありませんが、幸真は愚かではありません。人の気持ちが読める頭の良さと優しさがあるし、勘もいい。教えれば僕の手伝いだってできるでしょう。順倫《じゅんりん》も、利発で気が利くと、言っていました。薬になる草を教えると、すぐに覚えて、自分で見つけた群生地を僕に教えてくれるぐらいです」

村の学校で教師をしている友人の名前を出して、鳳成は反論する。身体を動かすことを厭《いと》わない幸真は、時間が空けば学校の掃除や修理を手伝っていた。

きっと野草も偶然見つけたのではなく、鳳成の役に立ちたいと探して歩いたのだろう。金で『もの』を手にできない幸真は、自分の時間を使って鳳成を喜ばせることを惜しまない。

それだけに幸真がくれるもの全てが鳳成はありがたく、金などには換算できない価値があると信じている。

「ばかばかしい。おまえは幸真に騙《だま》されているんだ。ああいう育ちの人間は、人にたかるのが上手い。同情を引き、おまえの人の良さにつけ込んでいるんだ。おまえは世間知らずだから、ころっと手玉に取られたんだろう」

燕成は顎を上げて、幸真への侮蔑を表す。

さすがに鳳成もこみ上げてくる怒りと失望で声が尖《とが》る。

「お父さん、そこまで僕が信用できないですか？　僕は幸真に騙されてもいないし、騙してもいない。彼が男だろうと、身分がどうだろうと、関係ない！　第一医者に必要なのは勉学であって、家柄のいい妻でも金でもありません」

言っているうちに昂《たか》ぶる気持ちが抑えられなくなり、鳳成はずっと温めていた決意を吐き出す。

「僕が幸真と出会ったのは運命です。僕は彼を幸せにすると誓ったんです。誰が認めなくても、反対しても、そんなことは関係ない」

「鳳成、頭を冷やせ！」

「お父さんこそ、頭を冷やしてください。生まれや育ちやお金で人を判断するなんて、立派な大人のやることじゃない！」

「親に口答えするのか！　それが育ててもらった親への態度か！」

これまで問題なく成長し、父への敬意を忘れなかった息子の真正面からの反乱を、燕成が力で無様に抑え込もうとした。

「親であっても、間違った意見には従えません」

「生意気を言うな！」

もう一度飛んできた平手を、鳳成は素早く手で遮り、逆に燕成の手首を強く捉えた。

「……鳳成……」

言葉だけではなく態度でも抗《あらが》った息子に、燕成が呆然《ぼうぜん》とする。

「お父さんが、僕と幸真のことを認められないのであれば、僕は彼と一緒にこの村を出ていきます。絶対に彼と離れることはありません」

きっぱりと宣言した鳳成は、父の手を離し、一礼してから部屋へ向かう。

おそらく、もう父とわかりあうことはできない。

幸真と、彼の祖母の恵小を連れて、いずれ村を出ていくことを考えよう。

背中に父の視線が張りついているのを感じながら、鳳成は新たな決意を胸に抱いた。

弐

父との間がぎくしゃくしたまま数日が経った。

このままではどうしようもない。鳳成が村を出ることを改めて決心したのを見透かしたように、父の書斎へ呼び出された。

医術の心得を書いたものものしい扁額《へんがく》がかかり、医学書が並ぶ父の書斎に入るときは、子どものころから緊張する。それは今でも変わらない。しかも今回はまだ、言い争いの記憶も生々しい。話し合いの糸口も思いつかないまま、鳳成は重い気持ちで部屋に入る。

大きな机の前に座った父は難しい顔で鳳成を迎えた。その顔に浮かぶのは数日前に見せた激しい怒りではなく、苦悩の表情だ。

父が発散する切羽詰まった雰囲気に気圧されながら尋ねる。

「……何かご用でしょうか、お父さん」

「近隣の村で疫病が出たらしい。今様子を調べている」

疫病。つまり流行病《はやりやまい》——その言葉で鳳成の頭から、全ての悩みが一瞬消える。

病気の中でも特に怖ろしいものの一つだ。下手をすれば村が全滅するぐらいの治癒が難しい病かもしれない。

父の様子から推し量っても、かなり深刻な状況のように思えた鳳成は身を乗り出した。

「場合によっては、こちらでも流行る可能性があるということですね」

「そうだ。だがあまり先走っても、村を混乱に陥《おとしい》れる。とりあえず村長にだけは打ち明けておくつもりだ。おまえもいざというときの心づもりだけはしておきなさい」

村人の命を預かる医者らしい言葉に、鳳成は消えかけていた父への尊敬が甦《よみがえ》り、深く頭を下げる。

「わかりました。万が一のときは精一杯尽くします」

心からの言葉に父の顔に満足げな色が浮かび、それまでの苦悩を押し流した。

しばらく村を出るなどもってのほかになったが、自分の本分は村の人を守ることだ。今はそれだけを考えたい。

父の思いを受け取った鳳成は雑念を払い、すぐに自分のできることを始めた。

どんな疫病かはまだわからないが薬草を薬研《やげん》で挽《ひ》き、多めにいろいろな薬を用意して万が一に備える。

足繁く村中を回って身体の具合が急に悪くなった者がいないかを確かめ、「何かあったらすぐに来るように」とさりげなく、だが相手の頭に染みこむまで念を押した。はっきりしたことがわからないうちは、大げさに騒ぎ立てるほうが村中を恐慌に陥れるから、気配りが必要だ。

「どうしたの？　誰かに何かあったの？」

熱心に動き回る鳳成に、幸真が勘よく何かを感じたらしい。少し心配そうに尋ねてきた。

「俺だって真面目に仕事をするんだぞ。早く一人前にならないと、おまえと一緒になれないしな」

幸真の耳を引っ張って、鳳成は彼の心配をからかいと一緒に笑い飛ばす。

「うん……でも、昨日、燕成先生と村長さんが、卜占師《ぼくせんし》の家に入っていったのを見たから、何か村で占わなくちゃならないことでもあったのかなって、気になったんだ」

「占いだと……」

村には代々卜占を生業《なりわい》にする者がいる。

村に大事が起きたときには、災厄を逃れる方法や、吉兆を卜占師に見立てさせるのは、古くからの習わしだ。

恋人が話してくれた、生まれ変わりの伝説にも失笑してしまう鳳成は、占いなど頭から信じていない。村の風習に口出しはしないが、そんなものに頼って病が治るわけはないことは誰よりもわかっている。

父だって病気に関しては同じように考えているはずなのに、まさか今回の疫病のことで卜占師を頼ったのだろうか。

村長も一緒だということはその可能性がある。愚にもつかない卜占などで、混乱に拍車がかかることが一番心配だ。

「……鳳成、ねえ……、本当は何かあったんじゃないの？」

思案して黙り込んだ鳳成は、幸真に袖を引かれて我に返った。

「何もないよ。それにもし何かあっても、幸真のことは俺が守るから心配しなくていい」

胸騒ぎを押し隠して鳳成は幸真の肩を抱く。理由のはっきりしないまま募る不安を消したくて、鳳成は恋人の背中に宿る星を指で辿った。こうしていると段々と落ち着きが戻ってきて、考えがまとまる。

父に仔細《しさい》を問いただすべきだろうか。

だがその話の出所を尋ねられたらどうする。今は、幸真の名前を出したくない。不和の原因になっている幸真の話題を、この緊急時には避けたかった。

だが家に戻った鳳成を書斎に呼びつけた父のほうから、その話題を切り出してきた。

「流行病のことを告げると、村長がどうしても、吉兆を占ってもらわなければならないと言い出して引かなかった。村には村のしきたりがある……私も村の一員として、逆らうにも限度があった」

深い皺《しわ》を眉間に寄せる父に、鳳成は言葉を慎むしかない。占いの理不尽さは父もわかっているのだ。だが一人の村人としての立場と、医者としての理性の狭間で苦悩しているのがありありと見える。

父を責めることはできず、鳳成は当たり障りなく答えるしかない。

「そうですか。占いが何かの気休めになるなら、仕方がないと僕も思います」

「……いや、それが……気休めというには、難しいことになってしまった」

燕成が声を潜めて身を乗り出し、鳳成は不穏な予感に緊張する。

「災厄を逃れるために卜占師が出した策が驚くようなものでな……。森に生け贄《にえ》を捧げるしか来《きた》るべき災厄を逃れる方法はない――と、そう言うのだ」

「森というのは、村の奥にあるあの森ですか？　あの森は禁忌の場所です。森に触らず、空気を乱さないのが、卜占よりももっと大切な村の習わしではありませんか」

村の最奥に位置する森は奥深く、狼《おおかみ》を始めとする獣たちが住む。だが荒らさない限りは、獣たちが村を襲ったり家畜を食い荒らしたりすることもない。しかも、森側から村へ入ろうとするよからぬ輩《やから》をふせぐこともできるため、神聖な禁忌の場所とされていた。

「おまえの言うとおりだ……だが、卜占の結果がそう出たのだ。疫病は飢えた狼が運んでくる。その狼の飢えを宥めるために、生け贄を差し出せと……な」

「ばかばかしい！　病気は森から来るのではなく、他の村から来るのですよ。お父さんだってよくおわかりでしょう」

責めたくはないのに声が大きくなってしまい、鳳成は深呼吸して自分を抑える。

「……疫病を怖れる気持ちはわかります。とりあえず、食用の肉を大量に調達して森に供えておけばいいんじゃないですか」

「鳳成、それは違う。おまえは生け贄の意味をわかっていない」

見返してきた父の冷たい視線に背筋がぞくりとした。

「生け贄というのは文字どおり『生きた供えもの』だ。生肉ではない」

「……では、牛か馬と……」

胸に渦巻く奇妙な予感を打ち消そうとする問いを父が遮る。

「人だ」

まさか、という思いと、嫌な予感はこれだったのかという気持ちが鳳成の中で交錯して、喉がひりつく。

「村人を一人、森に捧げよ――という神託がくだったのだ」

そう告げる父の目に怒りや哀しみが見えないのが奇妙だ。

だがきっと、あまりの理不尽さに感情が閉ざされているに違いない。そう解釈した鳳成は、自分も平静を装いながら意見を述べた。

「誰かを犠牲にすれば、村が救われるなど、愚かにもほどがあります。医者としてというより、人として、そんな考えはあり得ません」

「――そうだ」

燕成が頷くまでに僅かな間があったのが何故か気になったけれど、父の口から出た言葉は真っ当なものだった。

「そんなことは、絶対にさせられない」

そう言うと、燕成は机の引き出しから手紙を取り出して鳳成に手渡す。

「これを持って、私の医術の師のところへ行ってくれ。師は疫病に詳しく、経験も豊富だ。私ではまだまだ足もとにも及ばないほどいろいろな治療方法を会得している。あの師ならば、未病のまま抑える方法もご存じかもしれん。その方法が手もとにあれば、愚かな儀式などさせないで済むはずだ。私が村を離れるわけにはいかないから、おまえがそれを聞いてきてくれ」

理の通った言葉に安堵《あんど》した鳳成は手紙を受け取り、「わかりました。できる限り早く戻ってきます」と、力強く請け合った。

「頼むぞ。おまえの足でも往復で五日ぐらいかかるが、その間、卜占のことは私が全力で抑えておく」

幸真を卑しい言葉で貶《おとし》めたのが嘘《うそ》のような姿に、消えていた敬意が甦る。

今の父ならば幸真のこともわかってくれるかもしれない。鳳成がそう思ったとき、父が心を読んだようにその名前を口にした。

「おまえが留守の間、幸真をこちらに寄越《よこ》してくれないか」

驚いて父の顔を見ると、ばつが悪そうに視線が逸れる。

「……村人に疫病への注意を促し、薬草の用意をしたい。おまえがいなければ私一人では手が回らない。……それに、彼が……まあ、なんというか……役に立つか知りたいのだ」

「お父さん……」

突然の父の譲歩めいた提案に、切羽詰まった現状も一瞬忘れて鳳成は心が温かくなる。

「人を何かの役に立つか立たないか試したり、一つのことで判断したりするのは良くないとおまえは言うんだろうが……私にはそれしかできない」

硬い声を出す燕成に、鳳成は「いいえ」と明るく答える。

「お父さんのおっしゃることはわかります。幸真はきっと役に立ちます。お父さんと村の役に立てることを喜ぶはずです」

「……そうか……役に立つことを喜ぶか……」

一刻も早くこの役目を果たそうと急ぎ足で書斎を出る鳳成の背中に、父の低い呟《つぶや》きが聞こえてきた。

＊　＊　＊　＊

燕成の師から預かった封書を深く懐に入れ、鳳成はひたすらに歩き続ける。

往復で五日と聞いていたが、普通に歩いていては一週間はかかるだろう。しばらく師に会っていないので、父は旅程を忘れてしまったらしい。

予定内に戻るために、鳳成は夜もろくに寝ずに歩く。

村を出るときに父の頼みを伝えると幸真は驚きながらも何かを期待するように頬を染めた。

『もしかしたら、父が許してくれるかもしれない』

鳳成の囁きに、幸真は大きな目を見開いて、ぐっと両手を握りしめる。

『僕、頑張るよ。燕成先生に褒めてもらえるようにきちんとやる』

『頼んだよ。けれど疲れるとおまえが病気になるから、無理はするな。医療に関わる者は自分が病気にならないことが一番の条件だ』

『うん。山査子を食べて体力をつけるよ』

頬を染めて力強く頷く幸真の髪に触れながら、鳳成は励ます。

『父は厳しいから叱られるかもしれないけれど、気にしなくていい。やることをやれば認めてくれるはずだ』

『うん。わかった』

緊張した表情で頷く幸真の華奢な拳を両手で包み込む。

『頑張って、村の役に立ってくれ』

『頑張るけど……たいそうなことは無理だよ……』

さすがに心許《こころもと》ない顔つきになる幸真を強い口調で励ます。

『大丈夫だ。おまえにしかできないことがある。父や俺はおまえができないことは言ったりしない』

『僕にでも、できることがある？　僕でも村の人の役に立てるのかな……』

『立てるさ。父は難しいところのある人だけれど、村のことを大切に考えているのは間違いない。それは俺も同じだ。父の言葉は俺の言葉と信じ、精一杯尽くしてくれ』

『鳳成の言葉……』

目を合わせて気持ちを伝える。すると、自分に与えられた役割への緊張と興奮で目を潤ませた幸真が唇を結んで頷く。

『わかった。鳳成。一所懸命やるよ。だから鳳成も気をつけて』

頑張るから、頑張るからと何度も言った幸真のためにも、一刻も早く帰りたい。

鳳成が村に戻ってきたのは、出立してからちょうど五日目だった。

朝焼けを見ながら村に足を踏み入れたとき、不思議なほど張り詰めた気配に足を止める。

一日の晴天を予感させる明るい朝の光は生気に満ち、あらゆるものを目覚めさせる。

雄鶏《おんどり》が鶏冠《とさか》を揺らして声高く鳴き、人々は一日の仕事を始める準備をし、辺りが温かくざわめき始める時間だ。

なのに、村は誰もいないかのように静まり返り、生きものの気配すら感じられない。

「……どうしたんだ……まさか、もう流行病が村を襲ったのか」

その呟きに答えてくれる人もいず、鳳成は嫌な予感に膝が震える。

とにかく家に戻り、現状を確かめなければならない。自らを鼓舞して一歩を踏み出したとき、よろよろとこちらに向かってくる人が見えた。

手に鎌《かま》らしきものを握りしめているが、畑仕事に行くような確かな足取りではない。

「……誰だ？　まさか病気なのか」

遠目にも足がもつれ真っ直ぐに歩けず、目的もないままふらついているように見えた。だんだん近づいてくると、やはり手にしたものは鎌だとわかった。無造作に地面を引きずってきたらしく刃こぼれがしている。

尋常ではない姿にいっそう嫌な予感が募り、鳳成は急いで駆け寄った。

すると彼に気がついたその相手がぴたりと足を止める。細めた目でまじまじと鳳成を見て、獣のように低く唸った。

「……鳳成……」

白い蓬髪《ほうはつ》にがりがりに痩せた身体は骸骨のようで性別すら判然としない風体だが、間違いなく女性だ。その身体に巻きつけた衣は泥だらけで、両膝には血が固まった傷がついていた。

「鳳成！　鳳成！」

目をかっと見開いた老婆が鎌を振り上げ、もう片ほうの手を突き出しながら、鳳成に飛びかかってくる。濁った白目を真っ赤に充血させ、血と土がこびりついた指を鉤形《かぎ》に曲げた姿はこの世の人とは思えない凄惨なさまだ。

「――恵小さん！」

あまりの変わり振りに最初はわからなかったが、その老婆が幸真の祖母だとやっと認めた鳳成は、驚愕の念を抑えられない。

恵小は質素ながら身ぎれいな優しい雰囲気の人だ。いったい何があったのか。

得体の知れない恐怖に、鼓動が爆発しそうに乱れ打つ。

「いったい、どうしたんですか？　病気なんですか？　幸真はどこですか？」

闇雲に振り下ろされた鎌をよけながら手首を強く握ると、恵小は鎌を取り落とす。だが恵小は怯《ひる》まずに、骨張った指の爪を鳳成の肩に食い込ませた。

「恵小さん！　幸真はどうしたんです！」

なんとか彼女の正気を呼び戻そうとする鳳成の肩の肉が、老婆の爪に抉られる。肉に食い込む爪の先から、あからさまな憎しみが伝わってきた。

「あんたのせいで幸真は死んだんだ！　あんたを信じていたのに騙された！」

「死んだ……？　幸真が？　それはどういうことですか！」

逆に恵小の肩を握り返し加減なく揺すぶりながら、鳳成は叫んだ。

「あんたの役に立てるって、喜んでいたのに――この人でなし！　死ね！　あんたが代わりに死ねばよかったんだ！　幸真を返せ！　人殺し！　死ね！」

罵倒と一緒に、ぺっと唾が吐きかけられた。

「幸真を返せ――幸真、幸真――」

孫の名前を繰り返しながら鳳成の肩に爪を立てた恵小の目が一度大きく見開かれる。

恵小の形相が人ではないように歪み、今にも鳳成ののど笛をかみ切りそうな激しい憎悪が迸《ほとばし》る。

だが、次の瞬間がくんとその首が前に倒れ、肩に突き刺さっていた指の力が消えた。

「恵小さん！」

支えた鳳成の腕の中で、老婆の身体が崩れる。

叫んでいた唇からは血の色が失せ、目に宿《う》っていたぎらつく光もかき消える。

「……恵小さん……どうして……」

正気を失いまるで憤怒で事切れたような老女を抱えて、鳳成は途方に暮れる。

「俺がいない間に……何があった……誰か俺に教えてくれ……幸真はどこだ……」

やたらと眩《まぶ》しく感じる朝日を浴びながら人の姿を求めるが、影すらも探せなかった。

それでもこのままにはしておけない。鳳成は恵小の亡骸《なきがら》を道の脇にある柔らかい草の上に寝かせた。せめてものつもりで、着ていた旅用の道袍《どうほう》を脱いで無残な亡骸を被う。

「あとで人を連れてくるからしばらくここで我慢してください、恵小さん」

草の上に膝をつき、手を合わせて呟く背後に不意に人気《ひとけ》がした。

「……鳳成、今ごろ戻ってきたのか」

掠れた声に振り返ると教師で友人の順倫だったが、いつもの闊達《かったつ》な様子はなく顔色がくすんでいる。それでも彼に会えたことにほっとして懸念を口にした。

「順倫、村の様子がおかしい。もしかしたらもう、誰かが疫病にかかってしまったのだろうか？」

「おまえ、知らないのか。そうなのか？　本当に、知らないのか？」

半信半疑の視線が鳳成を上から下まで眺めながら何か言いたげに、順倫は乾いた唇を舌で湿した。

「知らないって何の話だ？　いったい全体、何があったんだ？　早く教えてくれ！」

大変なことがあったらしいことは推測できたが、自分だけが何も知らない苛立ちに耐えきれず、鳳成は友人に詰め寄った。

「……災厄を払う儀式があったんだ」

心臓の鼓動が意思に関係なく大きく跳ね上がるのを感じて頭から血の気が引く。

「儀式って……まさか、卜占師が関わっているんじゃないだろうな……」

「村の重要な儀式は卜占師が吉兆を見てから行うのが昔からの習わしだ。そんなことはおまえだってとうに知っているはずだ。儀式を先導するのは村長と村の重鎮……おまえの父親もその一人じゃなかったか？」

冷たい皮肉が交じる口調に、鳳成は立っていられないほど足が震える。

「……森に生け贄を捧げるという話か……」

「やっぱり知っているんじゃないか」

順倫が吐き捨てる。

「おまえが出かけた翌日、森に生け贄を捧げる儀式があったんだよ。卜占師と村長、そして、おまえの父親の燕成先生が全部仕切っていた」

「まさか、まさか……生け贄……って……」

唇がわななないてきちんとした言葉が作れない鳳成を、順倫が侮蔑に満ちた目で睨《にら》みつけた。

「――幸真だよ。幸真が、村のために生け贄になったんだ」

衝撃に耐えきれず膝から崩れ落ちた鳳成を、嘲りに満ちた視線が刺し貫く。

「幸真は泣きじゃくって、それでもおまえの名前を呼んでいた。おまえの父親の手で柱に括りつけられながら『鳳成、鳳成、助けて！』って、何度も叫んだんだぞ。聞いているこっちの心臓がちぎれる気がした」

「……幸真……幸真が……まさか……父が……」

「胸が裂けそうに泣く幸真に、おまえの父親はなんて言ったと思う？」

そのとき味わった惨《むご》い痛みを鳳成になすりつけるように友人の声が荒々しくなる。

「――『君は村の役に立てることをきっと喜ぶ、鳳成がそう言ったぞ』……って笑ったよ。笑ったんだ……嘘じゃない。『おまえにできることは村のために生け贄になることだ。息子は医者だ。取るに足りない君の命より村が大事なんだよ』って、赤ん坊に言い聞かせるみたいに、一言一言をゆっくりしゃべった……」

消せない記憶に順倫の顔が蒼白《そうはく》になる。

「……おまえの父親は何だ？　あれでもおまえの父は人なのか？　人の顔をした鬼だ……聞いてるこっちの身の毛がよだった……その場にいた者は全員血が凍った。もし止めたならこの人でなしの男に俺たちが殺される……そう思った」

「……そんなこと、嘘だ……」

——お父さんと村の役に立てることを喜ぶはずです、と告げたときに聞こえた父の奇妙な呟きが甦る。

父は幸真を葬るために自分を騙したのか。人とは思えないこんな惨いことを謀《たばか》ったのか。

「おまえ、もしかしたら幸真を弄んだのか。おまえを尊敬している子をひとときの慰み者にしたあげく、面倒になったから見放したのか？　まとわりつく幸真が邪魔になって、父親の手を借りて始末したのか？」

「違う……違う」

弱々しく首を横に振る鳳成に、順倫が追い打ちをかける。

「何が違うだ。あの子がおまえの言うことを、なんでも素直に聞くのを俺は知ってるぞ！　おまえが助けてくれないとわかった幸真は、もう助けは呼ばなかった。その代わりに涙で濡《ぬ》れた顔で天を仰いで、声を振り絞った――『僕が邪魔だったらいつでも言ってくれればよかったのに。鳳成の邪魔をするつもりは一度もなかった』ってな」

「――幸真、幸真！」

もう僅かにも己を支えることができず、地面に額をすりつけた鳳成は行き場のない苦しみと怒りを身体の中にのたうち回らせながら、絶望の声を放つしかできない。

「柱に火が放たれて炎が全身を包み込む寸前、幸真がおまえの名前を叫んだのを、俺は確かに聞いたぞ。『さよなら、鳳成』とな」

その言葉を聞いた瞬間、獣めいた叫びが口から迸り出た。

もう取り戻せない恋人の最期の言葉が、激しい熱で鳳成の耳を焼く。

「どうして――どうして、誰も止めてくれなかったんだ！　どうしてみんなで幸真を見捨てたんだ！」

自分が一番愚かだと知りながら、言わずにはいられなかった。

何故こんな愚かで残虐な振る舞いを村中が認めたのか。

土と涙でどろどろになった顔で鳳成は順倫を見あげる。

「一人でも止める者がいれば……こんなことにはならなかった」

「……できるものか」

視線を逸らした順倫が吐き捨てた。

「誰かが犠牲にならなくては収まらないのなら、自分じゃなければそれでいい——誰だってそう考える。当たり前だろう」

「そんな……ひど過ぎる……」

「ひどい？　そうか？　疫病のことも卜占のことも、村のお偉いさんたちが勝手に進めたことだ。どうして何も知らなかった俺たちが責められなくちゃならないんだ？　俺たちは自分の命を守っただけだ」

順倫が充血した目で鳳成を睨んだ。

「やったのは村長、卜占師、そしておまえの父親だよ、鳳成。おまえだって何が起きるかを知っていて村から逃げていたくせに、よく言うよ。最低なのはおまえだ！　おまえが幸真を殺したんだよ！」

どろどろした怒りを吐き捨てた順倫は、友情の欠片《かけら》もない背中を向けると鳳成から離れていく。

——やったのは……おまえの父親だよ。

——おまえが幸真を殺したんだよ！

侮蔑に満ちた背中がもう一度鳳成にそう告げる。

よろよろと立ちあがった鳳成は、腹から突き上げる悲憤にまかせて叫んだ。

「幸真！　幸真！」

鳳成の獣じみた叫びに答える者は誰もいない。

静まり返った村には人影もない。自分に災厄が降りかからなかったことを、誰もが秘かに安堵しているに違いない。

許せない、誰も。絶対に許さない。

哀しみを激しい怒りに変えた鳳成はひた走り、晋家の屋敷に飛び込んだ。

「お父さん、幸真はどこです！」

扉を叩《たた》きもせずに父の書斎に飛び込むと、机の前に座っていた燕成が顔を上げる。

「帰ったか、早かったな」

少しだけ驚いたように目を瞠《みは》ったものの態度は落ち着き払っていて、鳳成は自分の聞いたことが作り話だったような感覚に陥った。

「……彼のことは忘れるんだ。全て終わったんだ」

だが逸れた視線とうそぶくように尖った唇が、鳳成に真実を匂わせる。

「――お父さん、本当に幸真を殺したのか」

おぞましい真実を父の態度に見つけた鳳成は我を失い、机を乗り越えて摑《つか》みかかった。

「人聞きの悪いことを言うな。人にはそれぞれの役目がある。長く生きたところで役に立たないだろう彼が、最後に村の役に立った。村中が彼のことを忘れないし感謝もする。悪いことじゃない。おまえは医者としてこれからも村の役に立てる。つまらないことは何もかも忘れて、自分の本分をまっとうすればいい」

鳳成の手を払いのけて、父は堂々とそう言い切った。

罪悪感の欠片もない父の声音に、全てが罠《わな》だったのだと鳳成は不意に悟った。

「まさか……騙したのですか……」

その言葉に父の唇がうっすらと笑ったように見えた。

「疫病も嘘……なんですか」

何も答えず見返してくる父の揺るがない視線に、心の中で何かが壊れる。それは理性だったのかもしれないし、他者への思いやりだったのかもしれない。

ただ鳳成は自分がそれまでとは違うものになったように感じた。

父はありもしない疫病の話をでっち上げて残酷な儀式を企んだのだ——自分が描いた息子の将来を邪魔する幸真を葬るために。

「あなたは……なんて……」

この男の血を引くことも、村人の命を守る医者であることも厭わしい。これまで誇りだったもの全てを呪った。

愛しい者一人守れない自分はもう誰も救えない。救うつもりもない――。

「……許さない……絶対に」

腹から湧き出た呻《うめ》きは人声には聞こえず、父がぎょっとして身を引く。

「何故のうのうと生きているんだ……。幸真を見殺しにした人間はみんな、生きていることは許さない」

「……鳳成、何を言う。少し落ち着きなさい。子どもじみた振る舞いは見苦しいぞ。村には村の決まりがあるんだ。村で暮らす限り、従わなければならんのだ」

わざとらしく眉を寄せて虚勢じみた権威を見せる燕成を、理性をかなぐり捨てた視線で見据えた。

「誰かを犠牲にしなければ保たない村など、滅べばいい。俺が滅ぼしてやる！」

言い放った勢いのまま背中を向け、鳳成はそれ以上父の言葉を聞かずに書斎を飛び出した。

屋敷を出て、そのまま村の奥にある禁忌の森へと向かう。

「幸真！　幸真！　どこにいるんだ」

鳳成の叫びは昼なお暗い森の中に吸い込まれ、木霊さえ戻ってこない。

地面に頬をすり寄せ、鳳成は土に帰った恋人の鼓動を聞こうとする。

「幸真……幸真……おまえはここでたった一つの命を燃やされて、弔ってももらえない……恵小さんに俺が素直に殺されてしまえば、少しは慰めになったのか。俺を恨め、幸真。あんな男を父と思い、信じた俺を罵ってくれ。俺がおまえを殺したんだ」

二度と会うことができない恋人の温もりを求めて、ひたすら語りかける。

やがて夜の闇が森ごと鳳成を黒く被い、梟《ふくろう》が黄泉からの呻きのように陰鬱に鳴く。

それを合図に鳳成はゆらりと立ちあがった。

「おまえのもとへ行くよ、幸真――おまえを殺した村の者を全員引きつれて、おまえに許しを請わせる。待っていてくれ」

夜の闇より暗い目をした鳳成は枝を一本拾い上げて、集落のあるほうへと迷いのない足を向けた。

＊　＊　＊　＊

ふと気がついたら、濃い霧の中に鳳成は立っていた。

「ここは……どこだ？」

起き抜けのように頭がぼんやりし、何も思い出せない。仕方なく心当たりを求めて濃霧の中をふらふらと歩き始めた。

やがて霧の向こうにうっすらと橋の擬宝珠《ぎぼし》が浮かび上がり、鳳成は霧の中を泳ぐようにして近づいた。

「おや、これはこれは……。またずいぶんと若い男だねえ」

大きな橋の欄干の前に陣取っていたのは白い道袍姿の老婆だった。腰の辺りまで伸びた白髪を銀の輪で括り、立て膝で座っている。茶でも飲んでいたように、青磁の水壺《みずつぼ》と茶碗《ちゃわん》を足もとに置いている。

「……ここはどこです？」

はっきりしない記憶に困惑しながら老婆に尋ねる。

「起きたばかりかね」

鼻で嗤《わら》った皮肉な顔が驚くほど若く見え、鳳成は目を擦った。

最初は老女かと見えたが、表情が動くとどういうわけか若い女にも見える。

「あなたは……どなたですか？」

「この橋の番人さね」

わかりきったことのように答えて女は鳳成を見あげた。

「思い出せないようだから、先に教えてやろうかね。この橋は冥土に続く橋だ。あんたはこれからここを渡るんだよ」

「冥土……」

番人の言葉を繰り返したとき霧が晴れるように全てが甦って、おぞましく哀しい記憶が溢れ出した。

「俺は――死んだんだ」

「思い出したようだね。それはよかった。思い出さないといつまでもここにいなくちゃいけないんだ。あんたもあたしも面倒くさい」

女番人が楽しそうにからからと笑うのを聞きながら、鳳成は奔流のような記憶に耐えようとして拳を握り足を踏みしめる。

儀式の顚末《てんまつ》を父に問いただしたあと、幸真と語り合った丘に登った鳳成は緑浅い草に火を放った。

――村中が生け贄になれ。

集落を風下に見下ろしながら、丘の上に残る枯れ草に次々に火をつけて、呪詛《じゅそ》の言葉を吐いた。

折からの強い風が火を煽《あお》り、大火になって村を舐《な》める。

家から飛び出てきた人々が、巣を掘り起こされた蟻《あり》のように右往左往するのを、茜色《あかねいろ》の丘の上から眺めて高く嗤った。

――幸真の苦しさを味わえばいい！

広がる炎が髪をちりちりと焼き、眉毛まで熱かった。

「……俺は――死んだんだな」

「そうだよ。放火は重罪。あんたは処刑されたんだよ。首を見事に切られてね」

首に手刀を当てて、老婆はまた若い顔で笑う。

「冥土に行くときは元に戻してくれるのか」

切られたはずの首を擦りながら尋ねると、「そうだよ」とまた番人が頷く。

「死んだらそれまでのことはおしまいだからね。どんなことをしたとしてもまっさらになって、冥土に行くのさ」

そう言いながら老婆は、足もとの水壺をひょいと持ち上げて碗に中身を注いだ。

「ほら、お飲み。忘情水だよ」

差し出された茶碗を受け取った鳳成は、心の奥が何故か騒ぐ。

「忘情水……って……」

――『忘情水』を飲むと、現世でのことを全部忘れるんだよ。……忘情水を飲まなければ、それまでのことをずっと覚えたまま、新しい命がもらえる。

記憶の奥底に潜んでいた約束が、茶碗に注がれた水を飲む寸前で甦った。

「この河は……まさか、忘川河という河だろうか……？」

乾いた声で尋ねると、老女が頷く。

「よく知っていたね。この河を渡って現世でのことは忘れて、あんたは冥土に行く。いつか転生するだろうよ。そのときは処刑されたことも、罪を犯したことも忘れてるさ」

「駄目だ。それでは駄目なんだ」

鳳成は茶碗を戻して、きっぱりと言う。

幸真が教えてくれた寓話を信じてはいなかった。けれどそれが真実だとわかった今、約束は守らなければならない。

――おまえを幸せにできないままに俺があの世に逝ったときは、その忘情水とやらを飲まないで、俺は忘川河を渡るよ。

生きている間に彼を幸せにするという誓いは守れなかったけれど、あのとき口にした約束だけは必ず果たそう。

「俺は、飲めない。忘れてはならない人がいるんだ」

「恋人かい？」

大きなため息をついて、老女が仕方なさそうに首を横に振る。

「ここに来る人間はいろんな人生を背負っている。特にあんたみたいに若い者は普通じゃない心持ちでここに来る。でもね、忘れたほうがいいってこともあるんだよ。人に絶対はないんだよ。約束なんて生きている間だけのものだ」

諭すような声音に胸がざわつく。

幸真もきっとここに来たはずだ。彼がこの番人と何を語り合ったのかが、急に気になって不安に駆られた。

「……俺の前にここに来た青年がいただろうか……」

「さあね。毎日毎日人は来る。ここを通ったあとは、どんな人間のことも全部忘れる。じゃないとこんなところの番人なんてやってられないからね」

もしかしたら幸真のことが聞けるかもしれないと思った微《かす》かな望みを、老女はぴしゃりと打ち砕く。

「とにかくお飲み。あんたは飲まなくちゃ駄目なんだ」

もう一度茶碗を押しつけられたが、それでも鳳成は抗う。

「忘情水を飲むか飲まないか、本人が決めていいんじゃないのか？　俺はそう聞いたけれど」

老女はじっと鳳成の顔を見て、感情の起伏を感じさせない目に微かな憐憫《れんびん》の色を浮かべる。

「あんたにそんな権利はないんだよ」

噛んで含めるようにゆっくりと言う。

「忘れるか忘れないかを選べるのは、ちゃんと真っ当に生きた人間だけだ。あんたは罪人だ」

罪人——その言葉が鋭く胸を抉った。

幸真のために犯した罪だったが、二度と幸真に顔向けができないことをしてしまった気がしていたたまれなくなる。

鳳成の動揺を見抜いたように老女は続ける。

「罪人は現世を忘れる義務があるんだ。まっさらになって冥土に行き、人としてやりなおす。それが定めだ」

自分は最後の約束も果たせないのか——深い失望で足もとが覚束なくなる。

「……俺は……駄目だ。どうしても駄目なんだ——俺は、死んでまで嘘つきにはなれないんだ」

鳳成は絶望にまみれながらも、必死に訴える。

「俺のせいで恋人は死んだ。俺は彼を忘れるわけにはいかない。生まれ変わって彼に再び会って、今度こそ幸せにしなければならないんだ——それが約束なんだ」

鳳成の叫びは霧の中に吸い込まれ、白い霧を赤く染めた。

「あんた……ここにずっといると腐るだけだよ。そろそろあんたの腸《はらわた》が溶けて、血になってきている。すっかり腐ると絶対に転生ができなくなる」

指さされた口元を手の甲で拭うと、ぬるりとした感触が伝わり右手が真っ赤になった。

「そうか」

けれど何故かほっとして、鳳成はうっすらと微笑む。

「忘れるぐらいならここで腐っていいんだ。彼を忘れたら生まれ変わっても意味がない」

顎を朱に染めてそう言い切った鳳成をしばらく無言で眺めた老婆は、茶碗を下ろして立て膝を抱えた。

「馬鹿だね」

言葉の裏に微かな温もりを感じて、「馬鹿でいい」と笑みを崩さずに鳳成は頷いた。

「いいよ、忘情水を飲まなくても忘川河を渡らせてやるよ――ただし、条件がある」

老女は爪の長い指を立てて、鳳成の注意を引きつける。

「あんたは人狼《じんろう》として転生する」

「人狼……?」

「そうだ、半分は人で、半分は狼だ」

老女は爪で鳳成の胸元を指さして、目を細める。

「そしてあんたが焼き払おうとした村を守るんだ」

言葉に詰まる鳳成に老女が暗い笑みを浮かべる。

「その期限は百年」

「百年……」

気の遠くなるほど長い気がして返事が頼りなくなる。

「その間に、あんたが昔の恋人に会って再び愛されれば、その任を解いてやろう。あんたは人に戻って、恋人と新しい人生を送れる」

「本当か？」

一気に百年の時間が埋まる気がして、声が弾んだ。

「嘘は言わない。もし恋人の愛を得られなければ、あんたは百年後、飢えて死ぬ。人狼の間は何も食べなくても生きていける。けれど人に戻れなければきっちり百年後、あんたはただのよぼよぼの狼に成り果て、百年間続いた空っぽの胃を抱えながら苦しんで死ぬ」

何の救いもない未来が容赦なく描かれる。

「いつ恋人に会えるかもわからないし、百年経っても会えないかもしれない。それはあたしにもわからないよ」

淡々と語られる言葉の重さと厳しさが鳳成を搦《から》め捕り、縛りつける。

「もし会うことができても、恋人はあんたとの過去を何も知らずに、あんたという人狼を愛さなければ、この縛りは解けることはない」

指を突きつけた老女が最後通牒《つうちょう》めいた選択を迫ってくる。

「忘情水を飲まない人間には来世でもわかる印をつけるが、あんたにはつけない。あんたは半人半獣のどちらともつかない生きものとして、恋人に愛されなければならない——それでもやるのかい」

ずしりと重い決めごとに、鳳成は身体が揺らぐのを堪えられない。

けれど気持ちは微塵《みじん》も変わらない。

「いい。それでいい」

二度言い切ると、頷いた番人が脇へよけて橋の入り口を空ける。その横をすり抜けた鳳成は振り返ることなく忘川河を渡り始めた。

祖母を背負った真永《しんえい》は森をかきわけて、微かに見える人家の灯《あか》りを目指す。

かなり深い森らしく目を凝らしても先が見えないほど闇が濃い。しかもひんやりした夜風には獣の気配が交じっていた。例えば、虎や豹《ひょう》、熊や狼のように牙の鋭い四つ脚の獣が住むのだろう。

それでもやっと人里が見えたことで、真永は少し緊張を解く。

「もうすぐだよ、お祖母ちゃん。大丈夫?」

「……大丈夫だよ……少し胸が痛いけどね」

背中から聞こえる声が弱々しくなっている。立ち止まった真永は祖母を背中から下ろし胸を擦る。

「あともう少しだから急がなくてもいいよ。川の音がする……水を汲《く》んでくるよ」

祖母にそう告げてせせらぎの方向へ踏み出したとき、木瘤《きこぶ》に足を取られて足首を捻った。

疲れがひど過ぎて、踏ん張りが利かない。

だが真永が倒れる前に背後から強い腕が、真永を引き上げた。

「あ……」

腕を引かれた反動で上衣がするりと脱げ、助けてくれた大きな手に汚れた衣が残る。

帯もしないで羽織っていただけだったから仕方がない。台風に襲われた村から命からがら逃げ出すのに、きちんと身繕いなどする間はなかった。背中も汚れていれば、衣も破れてみっともないかもしれない。

だがそんなことよりも、自分の背中を見ているらしい視線の強さに身が竦《すく》む。

肌で感じるぐらいの鋭く熱のある視線の意味は何だろう。

助けてくれたとはいえ、こんな真夜中の森にいる人間だ。もしかしたら強盗や追い剝ぎかもしれない。祖母を連れてやっとの思いで逃げてきた緊張と疲れで頭が朦朧《もうろう》とする真永は、取られるものなど何もないことに思い至らない。

自分の思いつきにおののくばかり真永は歯の根が合わず、きゅっと心臓が縮まった。

「ほくろが……」

暴力は振るわれなかったが、奇妙な言葉が聞こえる。だがそれは森の木々の間を抜ける夜の風の音だろうと、真永は深く考えなかった。

こみ上げてくる震えを抑え込んで振り返ると、木々を抜ける細い月明かりに大柄な男の影が浮かび上がる。

「ありがとうございます」

男の顔がよくわからないまま真永は頭を下げた。

「……おまえ……」

男が自分の裸の身体をじっと見ている気配がする。

だが何も言うことなく、やがて男は手ずから真永の肩に衣を着せかけてくれた。

背中に触れた大きな手が震えている気がしたものの、自然な仕草で男の手は離れていく。

礼を言いながら衣に袖を通す真永を見守っていた男がようやく口を開く。

「何故ここにいる？　この森は人が入る場所ではない」

感情を押し殺したような低い声に凄《すご》みがあり、真永はびくびくしながら答える。

「僕の住んでいた村に台風が来て、川が氾濫したんです。雨風もやまずに土砂が村に流れ込んでしまい、とるものもとりあえず祖母を連れて逃げました……とにかく安全なほうへと逃げている間に、何故かここに来てしまったんです……」

「そうか。ならば仕方がない」

頷いた男は、真永の横をすり抜けて木の根元にうずくまる祖母を抱え上げた。

「あ——僕が」

慌てて駆け寄ろうとしたが痛めた足首の痛みに呻くと、男が背中を向けたまま声をかける。

「森の中で迷ったら、川下に下りて行けば出られる。覚えておくといい。だがいずれにしてもその足では一人でこの森を抜けるのがせいぜいだ。俺についてこい」

祖母の子好《しこう》を軽々と抱えたまま、男は平地でも歩いているような確かな足取りで暗い森を踏み分けていく。

いったい何者なのだろうか。

人が入る場所ではないと言いながら、自分は勝手知ったる風情で自由に動き回っている。黒い深衣に包んだしなやかな長身に敏捷《びんしょう》な動きと、月明かりに光る無造作に伸びた黒髪が相まって夜に生きる獣めいている。

ときおり月が隠れ漆黒の闇になっても、男は迷わずに歩き続ける。やがて木々が切れて村の灯りが明るく浮かび上がった。

森と村の境の印にしているらしい石造りの祠《ほこら》が、月明かりに照らされる。祠を見た真永は、どういうわけか激しい怯《おび》えが身体中を走り抜け、背中がぞくりとした。

「ここが出口だ。このまま真っ直ぐに行けば朱塗りの門構えの屋敷がある。そこが村長の東原《とうげん》の家だ。事情を話せばなんとかしてくれるだろう」

祖母を腕から下ろした男は、柔らかな手つきで祖母の頬についた泥を拭った。

「早く行け。この人を休ませてやれ」

真永のほうを向いた男の顔に月の光が一筋差しかかり、黒い森を背景にしてくっきりと浮かび上がる。

切れ長の目に、真っ直ぐな鼻梁《びりょう》の下に強く結ばれた口元。目を奪われるほど整った顔立ちだ。だが切れ上がった眦《まなじり》から放たれる猛々《たけだけ》しい光が、その美しさを獰猛《どうもう》さにすり替えていた。

「あ、ありがとうございます。あの……あなたは……」

この男の住まいは今抜けてきた森なのだろうか。一緒に村へ行く気配のない男に戸惑った。

「おまえの名前は」

真永の混乱に答えを出さずに男は聞く。

「高《こう》真永です。祖母は子好と言います」

「……真永か」

そうか、と呟いた男は真永に鋭い視線を当てる。

「俺の名は、晋鳳成」

「晋鳳成……さん」

初めての名前を忘れないように繰り返す。その様子を見つめる鳳成の視線が揺れる。

「あの……?」

傷ついたような目の色に戸惑う真永からすっと視線が外れた。

「そうだ、鳳成だ」

それでももう一度念を押すように強く言うと、彼はゆっくりと背中を向け、暗い森へと戻っていった。


晋鳳成の言ったことに間違いはなく、村長の東原は突然飛び込んでいった真永と祖母を受け入れた。

恰幅《かっぷく》のいい見てくれどおり世話好きらしく嫌な顔もせずに、行く当てのない真永と祖母に屋敷脇の小屋での寝泊まりを許してくれた。そればかりか畑仕事まで世話をしてくれ、真永はひとときの安寧を得た。

だが祖母は住み慣れた場所を離れたせいか、横になったまま寝たり起きたりが続いている。

医者に診せる金はないので、真永は丘の上から薬草を見つけてきた。

「この村は薬草が多いみたいなんだ。いいところだね。これを煎じて飲むときっと元気になるよ」

「よく探せたね」と驚く祖母にはそう簡単に説明した。だが薬草を探すときに、迷いもなく丘に向かった。何故そこに薬草があるとわかったのか、自分でも説明できない。

ただこの村のどこに何があるかが、薄ぼんやりと想像できる。初めての場所なのに、妙に勘が働く。

丘の上から村を一望したとき、心の底が波立つと同時に奇妙な懐かしさも感じた。もしかしたらここへ来たことは、何かの縁なのかもしれない。

「おまえは薬草に詳しいからねぇ。どこで覚えたんだろうね」

「うーん、僕もよくわからないけれど、一度聞いたら忘れないんだよ」

「そういえば昔から、そうだったよ。誰に似たんだろうかね」

薬湯を啜《すす》りながらしみじみと言う祖母に、真永は笑顔を向けた。

「僕はまだ十八だよ、お祖母ちゃん。そんなに昔のことじゃない」

「そうかい、もう十八になるのかい……早いねえ。おまえの親が亡くなったときは、まだほんの子どもだったのに。こうしてあたしを助けてくれるようになるなんてねえ」

「無事に大人になれたのは、お祖母ちゃんのおかげだよ。だからあれこれ心配しないでゆっくり休んで」

心細さのせいか、いつもより感慨深げな祖母を寝かせて布団をかける。

「そうだ。あの人に御礼を言ったかい、真永。ちゃんと御礼を言うんだよ」

眠りに落ちる前に子好はいつもの注意を繰り返しながら真永の手を撫《な》でた。

『あの人』とは、二人を助けてくれた晋鳳成のことだ。義理堅い祖母はもとより、真永も気になっているが、村で彼を見かけることはない。

まさかとは思うが、本当にあの森が住処なのだろうか。

そう考えて一度森のほうへ足を向けたものの、どういうわけか足が竦んで動けなかった。

――この森は人が入る場所ではない。

鳳成に与えられた忠告のせいではなく、真永の身体が行くことを拒絶する。迷い込んだときはとにかく逃げることに必死だった。怖いのも、足が竦むのも、当たり前だとしか思わなかった。

森の出口にある祠を見たときは尋常ではない恐怖を感じたが、それも闇のせいだと考えることができた。けれどこうして落ち着いた今でも、そのときの感覚は真永の中に残っている。あの祠をぼんやりと思い出すだけで、動悸《どうき》が乱れて苦しくなり、森へ行くことを諦めるしかない。

村に精通している人なら、救い主の所在や身分を知っているだろう。そう考えて、村長の東原に尋ねてみたが、晋鳳成という男は村にはいないと言われた。

「森で会ったのなら、隣村の人間だろう。たまに迷い込んでくる」

東原は簡単にそう決めつけるが、あのときの鳳成は迷い込んだという風情ではなく、闇の中でも歩けるほど森を熟知しているようだった。

「または人狼かもしれんな」

本気ではない口ぶりだったが、真永は聞き返す。

「人狼、って何ですか?」

「言葉どおりだ。人であり狼である生きものだよ」

畏怖が交じる口調に、真永は背筋を正した。

「いつからかはわからないが、もう百年くらいになるんじゃなかろうか。あの森には人狼という狼の王が住んでいて、この村を守ってくれていると、子どものころから聞かされた。森の入り口にある祠を見ただろう? あそこに村で取れた農作物、肉や魚を供えて、これからの平穏を祈る。私が村長を引き継いだときに、その件もちゃーんと教わったもんだ」

白髪交じりの頭を振り、東原は自分の説明に自ら深く頷く。

「狼がどうやって村を守るんですか?」

「村に何かが起きるとき、何匹もの遠吠《とおぼ》えが聞こえるんだ」

東原があまり上手いとは言えない、獣の鳴き真似をする。

「川が溢れそうなときとか、日照りが続きそうだったりすると、狼が夜通し不穏な声で鳴き続ける。毒草がはびこったときも、そうだった」

思い出すように東原は視線を遠くに投げて続ける。

「薬草が採れる場所で薬草にそっくりの毒の花が咲いた。我々は気づきもしなかったのに、狼の鳴き声のおかげで何かが起きたに違いないと探索が始まって毒草の群生に気がついた。医者でさえ見分けが難しい毒草だった……おかげで助かったものだ。それはよく覚えている」

「不思議ですね」

「本当に不思議だ……子どものころは狼の鳴き声が怖くて仕方がなかったが、今はそうは思っていない。狼はこの村の守り神みたいなものだね」

「その狼の王が、人狼なんですか？」

「そう言われている」

東原がごく真面目に答える。

「人の姿にも狼の姿にもなれるらしい。なんでも先々代の村長が、本当に人狼を見たという話だ」

大切な秘密を語るように東原は声を潜める。

「真夜中に見かけない男が村を歩き回って、生まれて間もない赤子のいる家を覗き込んでいた」

「……どうしてです？　まさか赤ん坊を……」

狼が子どもを攫《さら》うことでもあるのかと思い、背筋がひやりとする。

「見た者もそう思ったらしい。だが、男は月明かりの中でじっと赤子の顔を見つめ、深いため息をついただけだった……」

聞き入る真永に東原がゆっくりと続けた。

「それからひどくがっかりしたように、夜の天を仰いだ男は、すーっと狼の姿になって、あっという間に森に戻っていった……とそういう話だ」

「狼に……それが人狼……ですか」

「そうだ。銀色の毛の、それはそれは美しく大きな狼だったと聞く。もっともそれ以来誰も、そんな狼も、見知らぬ男を見たという者もいないから、村の若い者たちは単なる言い伝えだと考えている節がある。私の息子の泰有《たいゆう》などは、くだらない作り話だと鼻で嗤う」

東原は仕方なさそうにため息をつく。

「だが、私のように長く生きていると、世の中には人智を超えたものがあると感じるようになる。浅い知識や経験だけでは語れない何かが、人生を動かすときがあるのだと思えるようになるんだ」

東原は一言一言を噛みしめて、口にした。

「なんとなくわかる気がします」

追従ではなく本心だった。

祖母を連れて逃げたとき、まるで導かれるみたいにこの村へ辿りついたのは、偶然とは思えない。

不思議な懐かしさと奇妙なおぞましさが同居する村だけれど、しばらくここで頑張ってみよう。

真永はその気持ちを新たにして、村に馴染《なじ》むために仕事に精を出す。

そんなある夜、祖母の隣で眠っていた真永は、他人がいる気配を感じて目覚めた。

横を見ると祖母は静かに眠っている。

それでも気になって起き上がろうとしたとき、小さな窓から差し込む細い月明かりに一瞬浮かび上がった黒い影が見えた。

この間村長から聞いた話を思い出して心臓が一瞬跳ね上がる。

まさか人狼だろうか。村へ新しく来た人間を、確かめに来たのだろうか——自分でも聞こえそうなくらい鼓動が激しくなる。

確かめたいという気持ちが募る。だが真永は固く目を閉じて眠った振りをする。

もし人狼ならば、村の守り神のはず。その正体をみだりに探ることは、不敬に当たるに違いない。泥棒ならばここには取るものは何もないから平気だ。

息を殺す真永の耳に、細い獣の鳴き声が届く。

さすがにそれ以上我慢できずに目を開けたとき、銀色の光が流れるのが目の端をよぎった。

東原の母屋に呼び出されたのは、それから数日後のことだった。

難しい顔をして手紙を手にした東原を挟むようにして男が二人、樫《かし》の椅子に座っている。彼らもまた、同じような困惑を浮かべている。

白く長い顎鬚《あごひげ》の男は医者で、薄い髪の毛を五色の紐《ひも》で括っているのが卜占師だ。村で何かあれば、村長の東原を筆頭にしたこの三人でまず話し合い、卜占師が吉兆を占う。それが村の古くからの習わしらしい。

もっとも、卜占などに頼る必要はないと考える若い者も少なからずいる。東原の息子の泰有がその一番手なのはつとに有名だ。

それでもこの三人が村の重鎮で、村で暮らす限り無視することはできない。真永も誰に言われるともなく、彼らのことをすぐに覚えた。

額を集めた三人の悩ましい顔は、真永の肝を冷やす。

やむを得ない事情でここに来たが、真永は流れ者だ。村に溶け込むために頼まれごとは率先して引き受けているが、素性のわからない者を村に置いておくのを嫌がる人が出たのかもしれない。

小さな村は親切でもあり、ときに閉鎖的にもなる。そうやって村を守ってきたことが、同じような村にいたからよくわかる。

それでも、祖母の体調が戻らないうちはここを出ていけない。今の状態の祖母を再び動かすのは危険だった。

椅子も勧められずに、立ったまま三人に見られて首筋に嫌な汗が滲む。

「実は——君に呼び出しがきたのだよ」

譲り合うように視線を合わせた結果、東原が口を開いた。

自分がここにいることなど知る人はいないはずだ。

『呼び出し』の意味がわからずに見返すと、東原が手にしていた手紙を真永に示す。

「人狼からでね……まさか本当にいたとは……」

独り言のように呟く東原は手紙を開いた。真永から目を逸らすように手紙に視線を落とし、内容をかいつまんで話す。

「……自分は森に暮らす、あなたたちが人狼と呼ぶ者だ……故あって村を守ってきたがそれももうすぐ終わる。この地を去る前に、伝えておきたいことがある……村人の一人を私のもとへ寄越してほしい……」

一呼吸置いて、東原はわざとらしい咳払《せきばら》いをした。

「村に最近やってきた高真永という者を頼みたい。まだ村のしきたりに染まっていない彼ならば、私の言うことを素直に受け入れられるだろう。今宵《こよい》、月が隠れたら祠の前に一人で来ることを願う――とこういうわけなんだよ、真永……私たちも驚いたんだが……ねぇ」

三人の目が一斉に真永に注がれる。

その視線は『承諾』の返事を促すように媚《こ》びている。さすがに人狼のもとへ行けとは、己の口からは命じがたいのだろう。

その視線を必死にはね返しながら真永は声を振り絞る。

「僕は……あの……祖母と二人きりなんです。祖母は具合が悪いので、残していくわけにはいきません。村の皆さんにお世話になっているのはわかっていますが、祖母には僕しかいないんです」

両手を握りしめて訴える真永に、三人が顔を見合わせた。譲り合うような視線を交わしたものの、口を開いたのはやはり東原だった。

「真永、私たちも熟慮したんだ。半分は獣だ……信用ができるかと誰でも思う。けれどね……人狼が村を守ってきたというのが真実だったことも、この手紙を見て確信できた。君はここに来たばかりで実感がないんだろうが、人狼には感謝するべきだというのが我々の一致した意見なんだ」

他の二人が同調して頷き、拒む真永を視線だけで責めてくる。

じわじわと追い込まれる感覚に喉がひりつく。

「祠に供えたもの以外、人狼から今まで貢ぎ物を求められたことはない。……きっとやむにやまれぬ事情があるに違いないと思うんだよ」

東原の口調にじんわりとした威圧が籠《こ》もる。

「これまで人狼には何度も村を救ってもらった。……きっとこれからも手を借りるだろう。ここで人狼に逆らうことはできない」

ここぞとばかりに身を乗り出した東原が、一気に真永を説得しにかかる。

「人狼が人を襲ったことはないんだよ」

他の二人が「そうだ。聞いたことも見たこともない」と東原を援護し、孤立した真永はじんじんと頭が痺れてくる。

逃げられない――足もとから恐怖がこみ上げてくる。

怖い。怖くてたまらない。権力のある者たちに囲まれ、追い詰められて、逃げ場がない。

これに似た恐怖を味わったことがあるような感覚に突然襲われて叫びそうになる。

逃げたいのに、足が竦んで動かなかった。

「人狼は村の守り神だ、心配は要らない」

恐怖に晒《さら》されて声が出せないのを了承と取ったように、東原が微笑む。

「子好さんのことは心配しなくていい。私がちゃんと診てやろう」

顎鬚を撫でながら医者が請け合うと、真永以外の誰もが満足そうに頷いた。

「ぼ、僕は――」

六つの目がぎょろりと真永を見据え、掠れた声の反論を抑え込む。

射すくめてくるその目の鋭さに、これは最初から結論ありきの提案だったことを、真永はまざまざと見せつけられる。

「……祖母をどうぞよろしくお願いします」

頭《こうべ》を深く垂れて、そう言うしかなかった。

「大丈夫だよ、真永」

無理やりの了承を手に入れた東原は、最初とは打って変わって明るい口調になる。

「森に行って大切なことを教われば、じきにここに戻れる。そうすれば君は新参者ではなく、村にとって大切なひとかどの人物になるんだ。今よりずっと暮らしやすくなって、子好さんも楽ができるというものだ」

確かにそうかもしれない。

人狼はもうすぐ森を去ると言っているし、そう遠くない日に村に戻れるだろう。

真永は僅かな希望を見いだし、自分を叱咤した。

「……祖母に……話をしてきます」

そう言って一旦、東原の母屋を辞そうとした真永を、三人は柔らかな笑顔で引き留めた。

「子好さんにはこちらから話そう。食事を用意させるから、夜までゆっくりしなさい」

いや――とは言わせない。笑顔の裏に脅しめいた気配が滲み、逆らう余地を与えない。そのまま見たこともない高価な調度品のある部屋に連れていかれた。

徐々に自由が奪われていく感覚に身体の奥が震える。こんな目にあったことは一度もないはずなのに、遠い昔に同じようなことがあった気がするのはどうしてだろう。

怖れと同時に不思議な既視感に悩まされながら、真永は窓の外が徐々に暗くなっていくのを見つめた。

そして草木もその動きを止め、獣すら息を潜めるような真夜中、真永は東原の母屋を出る。

使用人も下がり静まり返った屋敷の長い廊下を、真永は東原について歩く。

だが誰もが寝静まっているはずなのに、若い男がこちらに向かってくるのに気づき、真永はびくんと足を止める。

「へぇ……これがね」

近づいてきた青年が真永を上から下まで見て、遠慮のない声を出す。

「泰有、起きていたのか。静かにしなさい」

低く制する東原が呼んだ名前で、彼が東原の息子だとわかった。

肩の辺りまで伸ばした髪と目の色が薄く、顎が細い。一見女性のような優しい風貌だが、皮肉を好むように口元が歪んでいる。視線は傲慢で、向かい合った者を不快にする。柔和な目つきの父とはまるで違っていた。

「こんな時代に生け贄とは。お気の毒さま」

視線と同じように毒のある言葉で、泰有は真永をなぶる。

「色が白くて女みたいな肌だな。黒目も大きくて、生け贄にはぴったりの清楚《せいそ》な雰囲気じゃないか」

華奢な容姿をあげつらわれて、真永は不愉快になると同時に不安も募ってくる。

『生け贄』というのはどういう意味だ。文字どおりの意味だとすると、自分は狼に食われてしまうことになるのだろうか。

「泰有、いい加減にしなさい！」

さすがに東原が声を荒らげた。

だが父の怒りを尻目に、真永に向かって顎を突き出した息子は思わせぶりににやりとする。

明らかに馬鹿にした嗤いを浮かべたまま、真永の横を抜けた彼はすたすたと屋敷の奥へ消えた。

「……まったく……あいつは何もわかっておらんのだ」

東原の言い訳めいた呟きよりも、泰有が口にした『生け贄』という言葉が頭の中で、何度も響く。

自分は騙されてしまったのか。

人狼は自分を二度と村へ戻すつもりにないのではないか。

実際の手紙を見たわけではない。東原がそう言っただけだ。

理由もなく人を疑うわけにはいかないけれど、不安だけが募っていく。

だが真永を逃さないとでもいうように、医者と卜占師がひたひたと背後を歩く。

前と後ろを村の要人たちに挟まれた真永は、逃げることはおろか、休むこともできずにひたすら森の祠へと向かう。

心臓が口から飛び出しそうな恐怖に耐えながら森に辿りついたときには、洗いざらしの衣がぐっしょりと冷や汗で濡れていた。

「では、真永、頼んだぞ。村のために努めてくれ」

月明かりに歪んで見える笑みを浮かべた東原たちが、真永を祠の前に残して去っていく。

石や小枝を踏みしめる足音が徐々に小さくなり何も聞こえなくなったころ、月が雲に隠れた。

自分の足もとも見えない闇に捉えられて高まる緊張に満足に呼吸ができず、立っているのがやっとだ。

いつまでこうしていればいいのだろうか。

必死に目を凝らして闇を透かしたとき、獣の唸る声がした。

「狼……？」

反射的に身を守ろうとする真永の足もとに、森の中から黒い狼が飛び出してきた。

恐怖で身が竦むが、狼は真永を見あげると無邪気にも見える仕草で真永の足を舐めた。

「……子ども？」

体つきも小さく、見あげてきた目が獣なりに幼く見える。

真永の問いかけに頷くような仕草をした狼は一度唸ってから、祠の入り口に向かう。そして、まるで誘うように振り返った。

「ついて行けばいいの？」

人の言葉がわかるのだろうかと思いつつも聞くと、狼は「そうだ」というように細く吼《ほ》えた。

おそるおそる歩き出すと、尻尾を振った狼は祠の入り口から中へとするりと入っていく。

真永は狼のあとに続き、深く身を屈めて祠の入り口に足を踏み入れた。

肆

蔓草《つるくさ》模様が織り込まれた赤い絨毯《じゅうたん》に座り真永は視線だけで辺りを見回した。

これが人狼の住むところなのか。

部屋の四隅に構えられたどっしりした柱は緑の漆塗りで、枝葉や花の彫刻が施されている。金細工の角灯《ランタン》に照らされた天井は、色違いの木目が作る幾何学模様が灯りに従ってゆらゆらと揺れた。

美しい部屋だが調度品は何もない。やはり狼の住処のせいだろうか。

真永は狼に導かれてきた道筋を思い返す。

祠の入り口の先には石造りの長く細い抜け道が続いていた。ときどき振り返る子ども狼の後ろをついて行くと不意に抜け道が切れ、八角形の五重の屋根をいただく楼閣が現れた。青塗りの門が月の光で妖しく光る。狼が一声吼えると、月下に照らされた青塗りの門が開き真永は中に招かれた。

迷いもなく楼閣の奥まで突き進んだ狼は、この広間に真永を導いたあと尻尾を振って小さく鳴いた。それで役目は果たしたらしく、くるりと向きを変える。

その仕草が可愛らしくて、真永は自然に礼を口にする。

「どうもありがとう」

ぱっと振り返った目に浮かぶ戸惑いの表情が人の子のようで微笑ましい。

「夜中にありがとう」

もう一度言うと黒い尻尾がばたばたと揺れ、まるで照れたように狼は走り去った。

やはりこの村を狼が守っているというのは本当なのかもしれない。

獣特有の殺気など微塵もなかった狼の様子に、真永はそう思いながら、入り口の隅に座って開いたままの扉を見つめた。

きっとここに人狼が現れるのだろう。

自分を案内してくれた狼の様子が好意的だったことに安堵し、少しだけ気持ちに余裕が生まれている。

やがて廊下から軋《きし》む音がして、入り口に銀色の深衣に身を包んだ人が現れた。

天井が低く見えるようなすらりとした長身に、艶のある黒髪、何よりこちらを射貫《いぬ》く鋭い視線に見覚えがある。

「……晋……鳳成さん……」

まさか、という思いと、やはり、という気持ちが交錯する。

「覚えていてくれたのか」

感情の窺《うかが》えない低い声だった。

「はい。あのときはありがとうございました」

絨毯に手をついて頭を下げた真永の前に鳳成が胡座《あぐら》をかいて座り、瞬きもせずにこちらを見つめる。

動かない黒い目は揺らめく橙《だいだいいろ》色の炎に照らされ、ときおり白目の部分に不思議な縞《しま》模様が浮かび上がる。光をはね返す目の色が、闇に住む獣を髣髴《ほうふつ》とさせた。

人の形をしていても、やはり狼。助けてくれた恩は覚えていても、腰が引けるのを隠せない。

「俺が怖いか?」

真永の何もかもを見逃すまいとするように、鳳成は真永の顔から目を離さずに聞く。

獣を思わせる瞳だが威嚇する色はなく、優しささえ滲む。だが優しさの向こうに、もっと飢えた光が見えた。

双眸を猛々しく輝かせるその光は、まるで激しく真永を求めているようだ。

その目に射すくめられて喉がひりつき、言葉が出てこない。ぎこちなく首を横に振る真永の様子に気づいたのか、鳳成が瞼《まぶた》を伏せて視線を隠した。

「どうしてここへ来た?」

「……どうして……？　あなたが呼んだのではないですか？」

瞼を伏せたぐらいでは強い視線は隠れず、真永は声が震える。すると鳳成がぱっと目を上げて、再び射貫く視線を向ける。

「呼んだのは俺だが、おまえは自分から望んで、ここに来たのか？」

声に肯定を求める響きが感じられるのは、気のせいだろう。

求められている答えがわからないまま、経緯を正直に口にする。

「……あなたが僕を呼んだと村長に言われて、だから来ました」

「言われたから来た……ただそれだけか」

乾いた声で鳳成は呟く。

「なるほど。村のために生け贄になれと、言いくるめられたわけだ」

見る者をぞっとさせるほど冷たい笑みがその顔に浮かぶ。

「生け贄……って」

村長の息子泰有にも同じ言葉をぶつけられたことを思い出し、真永は混乱する。

誰も彼もが新参者の自分を騙し、人狼の貢ぎ物にしたのだろうか。自分は狼に食われるためにわざわざここに来たのか。

先ほどまでは感じなかった恐怖が生々しくこみ上げてきて、血の気が引く。

「あの村の連中はいつもそうだ。自分さえよければそれでいい身勝手な奴らの集まりだ」

これ以上ないほどの侮蔑を込めて、鳳成は吐き捨てる。

「自分たちの平和のためにおまえを差し出した……。何年経っても何十年経っても奴らは変わらない。知っていたのに試した俺が愚かだな……昔と同じだ」

自嘲の交じる呟きは呪いめいて聞こえる。

「……昔と同じって、どういう意味ですか？」

「俺は……もう飽きるほどこの村を見ている」

色の濃い灯りに揺らめく横顔は、真永の胸を締めつけるような孤独が色濃く表れていた。

――百年くらいになる……人狼という狼の王が住んでいて、この村を守ってくれている。

東原から聞いたことを思い出しておそるおそる尋ねる。

「村長から聞いたんですけど、百年間もこの村を守っているって本当ですか？」

ふいっと鳳成が視線を上げて目を合わせる。

「……もうすぐ百年になる」

静かな声だったが、単なる年数を数えているのではない重たさが伝わってきた。

自分と祖母を受け入れてくれた東原や村の人たちに感謝している。ここに来る羽目にはなったけれど、悪い人たちだとは思えない。

けれど長い時間にわたり村を見守ってきた鳳成には、真永とは違うものが見えているに違いない。

それでも言わずにはいられないことがあった。

「僕を呼んだのはあなたです。村の人のせいではありません。それにずっと村を守ってくれたあなたを村の人は大切に思っているからこそ、あなたの希望を叶えたいと思ったはずです」

鳳成の形のいい眉が一瞬不快そうに持ち上がった。だが真永の顔をじっと見つめた彼は、

「何も変わらない……」

と奇妙な一言を口にしたあと肩を竦め、自分から話を変える。

「祖母の具合はどうだ」

先ほどと違う温かい声に、真永も肩の力が抜けた。

「まだ、寝たり起きたりなんです。ただここには薬草がたくさんあるので、煎じて飲ませていました」

「薬草がわかるのか?」

また声が急に掠れ、鳳成の黒い目が揺れる。

「……あ……わかるっていうほどじゃないです。ただ一度聞いたらどういうわけか覚えられるんです……」

しどろもどろになりながら、真永は付け足す。

「この村に来たのはもちろん初めてなんですが、なんとなく勘が働くというか、どこかに行くときに、あまり迷ったりしないです。まるで前にも来たことがあるみたいにわかるんです」

首を傾《かし》げて不思議な気持ちを語る真永に、鳳成の目が細められる。

「それはおまえがこの村に来る運命だったということだろう」

言い返す余地もないぐらい断定的に言い切った彼は、返事を待たずに先を続ける。

「幾つだ」

「十八です」

「恋人はいるのか？」

何故そんなことを聞かれるのだろうか。

村のためになることを教わりにここへ来ただけなのに、自分のあれこれを尋ねられる理由がわからない。

だが鳳成の目に浮かぶあまりに切羽詰まった光が、抗いを押しとどめる。

「いません。自分のことだけで精一杯です」

「……そうか……そうだな」

相づちの声が僅かに揺れて、真永の心も一緒に揺らす。

「おまえ……」

不意に鳳成の手が頬の辺りに伸びてきて、驚いた真永は身を引く。

すると失望の影が鳳成の頬をよぎった。

相手が人狼だからではなく、急に触られたら誰だって驚くだろう。そう思いながらも、傷つけた気がして前に身体を屈めた真永は、鳳成の手を頬に受け止めた。

百年も生きているのに人としての鳳成は、まだ二十代にしか見えない。だがその目に不意に浮かぶ孤独な色は底が見えないほど暗く、長い年月を一人で生きた人だけが持つものに感じられる。

頬に触れた人狼の手は大きくてひんやりとしていたが、何故か小刻みに震えていた。

「えくぼはないのか？」

小さな窪みを探すように、鳳成の指が真永の頬を彷徨《さまよ》う。

「生まれたときからありません……」

唐突な問いかけの意味はわかるわけもなく、答えが曖昧になった。

「……何故だ……」

黒い目に浮かんだあからさまな苦痛に驚く。だが呟きの意味がわからないままでは、どうすることもできない。

鳳成の混乱を受け止めることもできなければ、それを解きほぐす術もなく、真永は鳳成の気持ちの乱れに引きずられて鼓動が乱れる。

「どうしてなんだ……俺には……わからない」

真永の頰から手を引きながら鳳成は呻く。

「……あの……えくぼに何か意味があるんですか？」

あまりに苦しそうな様子に黙ってはいられなかった。

「死んだらどこへ行くと思う？」

問いかけへの答えはなく、また鳳成は唐突に奇妙なことを言う。

「……どこへって、わかりません。死んだら何もわからなくなるし……」

なんとか鳳成との会話を続けようとして、真永は答えをひねり出した。だがその答えは気に入らなかったらしい。苛立ったように眉がきつく寄せられ、鋭い目に哀切な色が覗く。

「忘川河を知らないのか？」

「忘川河？　それは何ですか？」

首を傾げた真永に、また鳳成の顔が歪む。

「おまえの祖母はそんな話をしないのか？　古くからの言い伝えを孫に話して聞かせないのか」

「……昔の話はしますけれど、そんなおとぎ話は聞いたことがありません」

昔の話をする、という言葉に反応したらしく、鳳成が再び身を乗り出してきた。

「村で昔、信じられないほどひどいことがあったというのを聞いたことがないか？」

「……僕が住んでいた村は雨が多くて……子どものころから何度も川が溢れたっていうのは聞かされました。畑が水浸しになったとか、作物が腐って仕方なく一冬、草を食べたとか……そのことですか？」

「……そうだな、おまえはここに来たばかりだったな」

自分に言い聞かせるように感情を抑えた声で鳳成は呟く。

視線を落とした哀しげな様子は普通の人間と何ら変わりなく、深い憂鬱に苛《さいな》まれているのが伝わってくる。

村のあれこれを知らないことが、それほどいけないことなのか。この人をこれほど哀しませるようなことだろうか。

それでも自分が彼を傷つけたのは確かで、慰めめいたことを言わずにはいられない。

「でも、さっきも言いましたけれど、この村に来たときなんだか胸がざわつきました。まるで知らないところではないような……不思議な気持ちになったんです」

その言葉に鳳成の目が光を取り戻し、頬にうっすらと血の色が戻る。

「そうだ、そうなんだ」

食い入るように真永を見つめたまま彼は深く頷く。

「おまえはここに来るのが運命だった」

黒い双眸の光が正気を疑わせるほど強まり、怯えた真永は後ずさりする。だが鳳成が膝を進めて間合いを詰めた。

「今はわからなくていい。けれど必ずいつかわかる。おまえがここに来たわけも、俺がおまえを呼んだ理由も」

「……理由って……僕はあなたに呼ばれたから来ただけです」

予言めいた詞《ことば》を口走る鳳成に怖れをなしたものの、辛うじて言い返す。

「違うんだ！」

鳳成は焦《じ》れた叫びを上げて真永の両肩を摑む。

「おまえは俺のものだ。それだけはもう定められたことなんだ！」

食われそうな凄まじい迫力に、真永は今度こそ本当に怯えた。身体を思い切り捩《よじ》り、力加減もせずに鳳成の手を振り払う。

「そんなこと知りません！」

後ろ手に身体を支えて必死に後ずさる。

「僕は、僕は、ただ呼ばれたから来ただけです。あなたから大切なことを教わったら、また村に戻れるって聞いてます。——そうですよね」

鼓動は今にも皮膚を突き破りそうに激しいが、必死に自分の立場を訴えた。

祖母を連れて森に迷い込んだとき助けてもらった。その恩は忘れない。

けれど一生を人狼の側で暮らすつもりはない。

「戻る？　村に？」

だが鳳成は意外なことを聞いたというように声を上げる。

「そうです。だって僕はあなたとは違うんです。ここでは暮らせない……ただの人間です。なるべく早く村に戻りたいんです……祖母も待っているし……」

「俺が人狼だから、自分と違うというのか？」

鳳成の目が金色に光った。

まるで狼だ——真永は冷水を浴びせられたように一気に血の気が引き、救いを求めて訴える。

「僕は……帰らないと……」

恐怖で言葉がもつれたが必死に口を動かす。

「帰らないと——早く、帰りたいんです！」

本音の叫びを聞いた鳳成の顔色が変わり、瞳が獣めいた光を帯びる。

「帰さない。おまえは俺の、晋鳳成のものなんだ！　何故わからないんだ」

最後のほうは獣の咆吼《ほうこう》に似た叫びにしか聞こえない。

やっぱり人狼だ。この人は獣以外の何者でもない――。

怯えて動けない真永に鳳成がのしかかる。

「おまえは俺のものだ、わかるはずだ。どうしてわからない！」

押し倒され、まるで嚙み切るように鳳成の唇が喉に強く当てられた。

「助けて！　殺さないで！」

「どうして俺がおまえを殺すんだ。おまえは何もわかっていない！」

叫んだ彼の唇が、恐怖に喘《あえ》ぐ唇に押し当てられる。

火ぶくれしそうな熱い唇が呼吸を奪い、大きな手が乱暴に衣を剝いで、真永を無防備な全裸にした。

「――うっ……」

逃れようと首を捩っても、鳳成の唇が追いかけてきて拘束する。

苦しければ俺の息を吸え――そう言いたげに舌が口中に入り込み、惑う真永の舌を搦め捕った。

「ん――ぁ」

合わせた唇から洩《も》れる声は頼りなく、人狼にのしかかられた身体は僅かにさえ動かせない。

剥き出しの肌を鳳成の手が這《は》う。

心臓の辺りをまさぐる手のひらに恐怖で肌が粟立《あわだ》つ。人狼に心臓を抉り出されて食われてしまう。これが『生け贄』になるということだ。

「う――ぁ、助けて！」

思い切り叫んだ反動で鳳成の舌を嚙んだ。

「逃げるな」

機嫌を損ねた狼のように低く唸った鳳成がまた真永の首筋を嚙む。

どくどくと脈打つ首筋に唇を当てたまま、彼は真永を強く抱きすくめた。

「……ぁ」

背けようとした顔まで額で強く押しとどめられる。

「逃げるな！」

短い命令に渦を巻く激情が溢れて真永の抵抗を奪う。

恐怖で身体中の血が逆流して、意識が遠ざかりそうになる。

人狼は人を食う狼という意味だ。人を食って初めて、人の姿になるに違いない。

これが隠されていた『生け贄』の本当の役目だ。

「……お祖母ちゃんが、待ってるのに……」

真永の呻きはくぐもり聞こえなかったのだろうか。鳳成は無慈悲な手を動かしたままだ。

人狼を止める術はもうない。こみ上げてくる涙を真永は必死にこらえる。

早くに両親を亡くしたあとは、たった一人の肉親である祖母と手を取り合って生きてきた。祖母を背負って命からがらこの村に逃げてきた。自分たちを受け入れてくれた村の役に立てるならいいと思って、請われるままに人狼のもとへ来た。

全て今日を生きるためにしたこと。

それが全て裏目に出た。

幼いときからそうだった。自分には何故か運がない。

両親を不慮の災害で失った。あのとき村で亡くなったのは真永の両親だけだった。残された小さな真永を背中に括りつけて、祖母は荒れ地を耕して口を糊《のり》した。

貧しさの中、真永はろくに勉強をすることもできず、祖母から文字と簡単な計算を教えてもらっただけだ。もっと学んで祖母に楽をさせてやれる仕事に就きたいが、二人で食べるのが精一杯の暮らしでは、今を生き延びることしか考えられない。

人よりたくさん何かがほしいわけではない。ほんの少し今より幸せになりたいだけなのに、それすら自分には過ぎた望みなのだろうか。

――死んだらどこへ行くと思う?

鳳成のあの唐突な問いは、真永の命を奪うという謎かけだったのだろうか。

――おまえはここに来るのが運命だった。

彼は真永自身も知らない過去の因縁を知っているのか。

だがいずれにしても祖母を支えて今日を生きることで頭がいっぱいの真永は、生まれる前のことも、死んだあとのことも想像できない。

けれどももし前世があるなら、自分はきっと大変な罪を犯したに違いない。百年も生きている人狼は、自分の犯した罪を知っているのかもしれない。その償いが回ってきているのだとすれば、逆らうことはできないだろう。

哀しい諦めに身体中の力が失われる。瞼を閉じた真永は人狼の手が胸を這うのに耐えた。

心臓の上にある手のひらは微かに震えている。

人狼でも人を食うときは緊張するのだろうか。不思議な気持ちがよぎったが、こみ上げてくる恐怖で身体中が支配される。

自分が人狼の生け贄になれば祖母はきっと村で大切にされるはずだ。それだけは感謝しよう。

置いていく祖母に詫《わ》びながら覚悟を決めて身体中の力を抜く。

だが鳳成の手は心臓を抉り出すことなく、温めるように胸を撫で続ける。その手の動きは柔らかく、真永は薄紙を剝ぐように怯えが薄くなっていく。

「……幸……真永」

意味を成さない声のあと、真永の名前を低く呻いた鳳成の唇が胸の鼓動に当てられる。

噛みつかれるのか——本能で身体が強ばるが肌に触れたのは熱い唇だった。

焼けつくように熱のある舌が、真永の乳暈《にゅううん》を舐めた。

「あ——」

何故そんなことをするのかわからずに曖昧な声が出る。奇妙に優しい唇から逃れたくて身を捩ったが、鳳成の手に押さえ込まれて思うようにはならない。

華奢な身体を全身で押さえ込んだ鳳成は、唇と舌で薄紅色の乳暈を舐めて、隠れていた小さな突起を舌先で掘り起こした。

「ん……ぁ」

尖った舌先が硬くなった乳首を弾くと、ぼんやりした甘い刺激がつま先まで伝わる。

真永の感じた小さな快感を察したのか、尖った乳首を歯が軽く噛む。

「あ……」

今度の刺激ははっきりと鋭く四肢を駆け抜けて身体が反り返った。

あるかないかの胸の尖りから伝わってくる刺激は、他人の肌を知らない真永を困惑させる。

食われてしまうのとは違う怖さを感じた真永は弱々しく拒む。

「いやだ……」

曖昧な拒絶は自分の耳にも艶めいて聞こえた。

もっと強く拒もうとしても与えられる刺激に身体が上手く使えない。

「……やめて……」

気持ちが乱れて、嫌がる声が小さくなった。

真永の思惑など頭にないように、鳳成は何かに囚《とら》われたように脆《もろ》い身体を愛撫する。肌に触れる指や唇は熱を持ち、彼の呼吸は短く喘ぎに近かった。

けれど何故か淫らな気配が感じられない。

むしろ身動きできない真永よりも、追い詰められているような気配があった。

もし今こうしなければ、自分の命が終わるとでもいうように、鳳成は間断なく真永の身体を愛撫する。

濡れた舌が真永の全身の形を確かめるように辿った。二の腕の内側から腋下を探り、脇腹を執拗に舐《ねぶ》る。

その間も鳳成の手は休むことなく薄い腰骨を擦り、膝を丸く撫でて、足の指の先までまるで舐めるように撫でた。

恐怖が温かさに変わり、身体中に不思議な感覚が呼び覚まされる。

「あ……ぁ」

真永の唇から零《こぼ》れたのは、喘ぎと呼ぶにはあまりに薄い呻きだ。

初めての感覚の扱いかたが真永にはわからない。身体のどこにこの甘い感覚を溜《た》め、膨れ上がった熱の塊をどこから逃がせばいいのだろうか。

「……あぁ……」

これまで恋人もいなければ誰かを愛しいと思ったこともない。

祖母を守り、毎日を生きることで力を使い切っている真永の身体は年齢より遥《はる》かに幼かった。未熟な身体は鳳成の加減のない愛撫で急速に拓《ひら》かれる。些細《ささい》な刺激も全て感じてしまう柔らかい肌が甘い汗で濡れる。

「はぁ……ぁ」

身体の隅々まで降り積もり徐々に重たくなっていく快楽に、吐く息がねっとりと湿度を帯びた。薄い肌が熱で発光したように真珠色に艶を放った。

「……肌が……光っている……」

そう呟いた鳳成の手が背中に回され、右の貝殻骨の辺りを指でなぞる。

「星だ」

意味のわからない囁きは熱に浮かされていた。

「やっと見つけた……俺の星」

星ってなんだろう——考えようにも身体が味わっている強い快楽で頭が上手く働かない。

ぼんやり答えを探しているうちに鳳成の手は背中から離れ、真永の両足を割った。真永の身体の中心はすでに硬く勃《た》ちあがり雫《しずく》に濡れている。

「……ぁ……」

羞恥を口にする前に、鳳成の唇が内股の柔らかい肌を何度もきつく吸い上げた。ちりちりした痛みは肌に赤い印を残しているだろう。

「おまえは俺のものだ」

真永の肌に所有の紅を散らしながら鳳成は低く言い切った。

「逃げるな。俺から、もう二度と逃げるな」

「二度とって何……ぁ……」

鳳成の唇が真永の芯を咥《くわ》え、先端を舌先でこじるように舐めて喉の奥まで吸う。

きゅっと身体の奥の襞《ひだ》が締まって、背中に不思議な震えが走った。

「あ……や……ぁ」

会話の意味などもう考えられない。

甘い陶酔に翻弄された真永は全身が蜜のような汗に濡れる。

こんなことは初めてなのにまるで行為の手順がわかっているように、身体が鳳成の愛撫に素直に従う。

自分の気持ちよりも先に肌がわなないて、鳳成の指や唇を味わっている。

「……どうして……ぁ」

「いつかわかる。きっとわかる。今は俺に従えばいい」

命令に交じる哀切な響きに驚き、彼の表情を見ようと首を捩った。

だが真永の身体の芯に深く顔を伏せて、揺らめく光を受けた黒い髪しか見えない。

これ以上ないほど開かされた足の間で鳳成の髪が揺れる。

こんな場所を人狼に許していることが信じられない。けれど橙色の光に揺れる黒い髪の動きは、まるですすり泣いているように見えた。

可哀想《かわいそう》――真永は両手を伸ばしてその髪に触れた。指先を埋めてみると彼の髪に獣のような強ばりはなく、真永の指に柔らかく絡みついた。

「真永、真永」

真永の芯を咥えたまま細く吼えるように真永の名前を呼ぶ。

自分の名前を呼ぶ鳳成の舌の動きに刺激されて、真永の雄が震えた。

脳天が火に炙《あぶ》られたように、かっと熱くなって瞼の裏に炎が弾ける。腰がくだけそうな衝撃に身体が浮いた。

「あ――」

他人に与えられる悦楽は深く、こらえきれない真永はあっという間に彼の口中に精を迸らせた。

「あ……ぁ」

どくどくと彼の中に自分の体液が注がれていく。身体中の熱と生気が鳳成に飲み込まれていく感覚に下腹を波打たせながら真永は酔った。

これで百年生きている人狼に生をわけてやれるならばそれもいい。

一度は死を覚悟した真永は、自分の熱い精を鳳成が飲みくだすことに嫌悪を覚えなかった。

だが真永がつかの間の安堵に身を委ねることを許さず、彼はもっと奥まった場所に舌を伸ばす。

生け贄の役割はこれで終わりではないのか――。さすがにぎょっとして真永は腰を引こうとしたが、許されなかった。

真永の下半身を押さえ込んだ鳳成は躊躇《ちゅうちょ》することなく奥の窄《すぼ》まりを舌先で舐め始めた。

「あ……やめてください……そんなところ……ぁ」

力では敵《かな》わずにひたすら首を振ったが、密やかに閉じた襞を鳳成の舌が暴き出す。

「ぁ……ぁ」

丸い襞を舌先が巧みにほどき、内側の柔らかい媚肉を舐めてじんわりと開かせる。

薄い粘膜を濡らしながら何度も舌が行き来した。虫が這うのに似たむずむずとした感覚は、真永の腹の辺りに奇妙な法悦を呼び覚ます。

身体中の強ばりが抜けたころ、うぶ毛の一本一本が鳳成の舌の動きを味わって全身が火照った。

一度の頂点で萎えた芯がまた硬くなり、口では嫌がっても真永の味わっている快感を鳳成に見せつけた。

「はぁ……ぁ」

吐息は粘り着き、見えない快楽を摑むように足の指先が丸まっては開く。

足の間に埋められた鳳成の髪を指に絡めた真永は彼の頭を引き寄せる。舌先がもっと身体の奥に届くように足を開き微かに腰を浮かせた。

自分が何をしているか、どんな姿勢を取っているか、頭の中でもう描くことができない。

鳳成がくれる甘美な愉楽だけを貪りたい。

隠れている襞がひくひくと蠢《うごめ》き、熱を貪った腹の奥が疼《うず》く。

「……ぁ」

焦れて洩らした小さな声を合図に、獣のようなしなやかさで鳳成が素早く衣を脱ぎ捨て、再び真永の身体にのしかかる。

「真永――」

一言だけ、それで全てが語れるとでも言うように耳元で名前を呼んだ鳳成が、真永の身体の奥に己の雄を穿《うが》った。

「あ――」

広い嵩《かさ》が襞をぎりぎりまで広げ、媚肉で作られた狭い道を押し広げる。その衝撃に味わっていた熱が一瞬消える。

それでも自分を征服しようとする広い背中に手を回すと、不思議と安堵を感じた。

みちみちと媚肉を押し広げてくる猛々しい雄は、身体の奥にぐいぐいとためらいもなく入り込む。

「っん……ぁ」

押し込まれる硬い雄が、真永の身体を内側から変え始める。

灼熱《しゃくねつ》の楔《くさび》を穿ち入れられる苦痛の裏に微酔が隠されている。手足の隅々まで行き渡るその感覚は酒のように痛覚を失わせて喜悦を引き出す。真永の身体は無意識のうちにその甘さを求めて、鳳成の熱い雄を媚肉で締めつけた。

「く……」

柔らかい場所が飲み込まされている雄の形に変わると、上にいる鳳成が呻く。人の声だ――さっきまで獣の唸りに近かった彼の声が、生々しい男のそれになる。

その背中をしっかりと抱き締めて、身体の奥からこみ上げるうねりに真永は身をまかせた。

腕の中に真永を抱き締めた鳳成は呻きながら抽送を繰り返す。

「あ……ぁ」

媚肉を擦る鳳成の嵩がいっそう硬く凝り、激しい律動で真永の身体の内側を蹂躙《じゅうりん》する。

唇から洩れた声と一緒に零れた唾液が、敷物の蔓草に落ちて銀色の露を絡ませた。

「あ……溶けてしまう……」

抉られる身体の中からわき上がった熱で全ての肉が蕩《とろ》ける。

「真永――」

背中に回した手に力を入れると、鳳成が真永の身体を裂くほど強く雄を穿ち入れた。

花火でも破裂したように赤い炎が瞼の裏に広がる錯覚に襲われて鳳成にしがみついた。身体中が悦楽にわななき、真永は鳳成の腹に飛沫《しぶき》を放った。

「あ……ぁ」

「真永――」

下腹のうねりに合わせて奥の肉襞が蠕動《ぜんどう》し、飲み込んだ鳳成の雄のくびれまでわかるほどぴったりと包み込んで強く引き絞る。

「くっ――」

人声で呻いた鳳成が、今度は真永の身体の中に高い熱を迸らせた。

「あ……ぁ」

熱湯を注がれたように腹の中が灼《や》けた。

身体の中も外も濡れて、もう自分が人の形をしているのかもわからない。

もしかしたら自分も狼になったのかもしれない。

全てが現《うつつ》ではないようにぼやけて揺れ、陽炎《かげろう》のようにゆらゆらと頼りない。

身体の上にいる鳳成はその呼吸すら感じられないぐらい静かだった。

「……鳳成……さん」

自分の胸に深く顔を伏せている彼の髪に触れた。その髪はぐっしょりと濡れて、まるで川から上がってきたようだ。

――忘川河を知らないのか？

あのとき鳳成は、こちらが哀しくなるほど切なげな目をした。

忘川河がどこにあるのかは知らないけれど、この人はその河で濡れたのだろうか。

力の入らない手で鳳成の髪を撫でつつ、真永は細く消えかける意識に抗いながら呟く。

「……泣かないでください……溺れないから……」

あとは続けられずに、目の前がすーっと暗くなり髪を撫でていた手が床に滑り落ちた。

「幸真……おまえ、優しいな……何も変わらないのはおまえだけだ」

途切れ途切れに聞こえる鳳成の言葉は、もう頭の中で意味を成さない。彼が自分を呼ぶ名前の響きが少し違う気がしたが、それも一瞬で消えていく。

ただこの人はひどく辛《つら》そうだと、それだけを思う。

もう一度彼の髪を撫でたかったけれど指はぴくりとも動かず、真永は暗い闇の中に意識を沈ませた。

伍

朝起きてまず真永《しんえい》は、自分に与えられた部屋の掃除をする。

生真面目な真永は何もせずに一日を過ごすことができない。ここに来てからまだ一週間ほどだが、掃除はすでに日課になっている。

調度品らしきものが見あたらないこの屋敷だが、真永の部屋には紫檀《したん》の卓に椅子、そして寝台がある。寝台の前には花鳥の彫り物をした色鮮やかな衝立《ついたて》が置かれて部屋に華やぎを与える。どの調度品もこれまで真永が見たこともないぐらい立派なものばかりだった。

おそらく真永には必要だと考えて、鳳成《ほうせい》が用意したのだろう。

人の姿をしている鳳成しか見たことがないが、彼の部屋には赤い敷物と冬の山水が描かれた墨絵の屏風《びょうぶ》があるだけだ。

独りよがりの想像だが、夜は狼《おおかみ》に戻るから寝台など不要なのかもしれない。

屋敷を勝手に出入りする狼たちには敷物すら要らないだろう。

鳳成は狼たちに喉の奥から響かせた高低差のある声で命令を下す。

何を言っているかなど真永にはもちろんわからないし、鳳成も説明などしてくれない。

彼の命令に応える狼の唸《うな》り声には少し慣れたが、疎外感は拭えない。鳳成とそれを取り巻く狼たちの不思議な語らいを垣間見るたびに、早く村へ戻りたい気持ちが募る。一刻も早く、人の言葉で意思が通じあうところへ帰りたかった。

鳳成と自分はまったく違う。自分はどこまでも人だけれど、鳳成は百年も生きられる人狼《じんろう》だ。たとえ肌を合わせたところで、どうしたってわかりあえない。

鳳成は人の姿をした不思議な獣。たった十八年しか生きていず、弱い人間でしかない自分に何を求めているのだろうか。

真永の一挙手一投足を見つめる黒い瞳には激情と同時に、包み込むような優しさがあり、真永を戸惑わせる。求められている理由など思いつかずに気が沈む。けれど何故か、怖いばかりではない。

最初の夜の出来事を今思い返しても、そこにあったのは恐怖だけではなかった。

無理やりに始まったことだったが、その恐怖も消えて鳳成の肌の熱が馴染《なじ》んでくるにつれて心地よくなり、これまで味わったことのない甘さを貪った。身体の中に埋められた鳳成の形を愛《いと》しくさえ感じた。

あれはいったいどういうわけなのだろうか。もしかしたら人狼の肌には人を酔わせる魔力があるのかもしれない。

初めての交合ではあり得ないはずの悦楽を覚えた後ろめたさから、真永は鳳成が人ではないことにその理由を探した。

――おまえは俺の、晋《しん》鳳成のものなんだ！　何故わからないんだ。

わかるわけがない。

強引に契りを結ばされた夜、初めての快楽と予測もしなかった出来事への衝撃に耐えられず、鳳成に抱かれたまま意識を失った。気がついたときにはもうこの部屋の寝台に寝かされていた。敷き詰められた絹の敷布が熱を持った肌を包み込む。

鳳成はずっと枕元にいたらしく、瞼《まぶた》を開けると覗き込んでいた彼と目が合った。

鋭い目に浮かんでいたのは激しい後悔と真摯な謝罪だった。

けれどそれを口にすれば、自分が壊れるとでもいうように、鳳成は詫《わ》びを口にせず、自分が悪かったという素振りもしない。ただ彼を苛《さいな》んでいる悔いは、鋭い双眸《そうぼう》から隠しようもなく、零《こぼ》れていた。

あの夜激しく真永を抱きながらも、彼が味わっているのは快楽ではなかったと思う。彼の全身が泣いているように感じたのは嘘《うそ》ではない。彼が見せる苦痛も切なさも演技ではない。激情に振り回される自分に、鳳成は明らかに苦しんでいた。

けれどだからといって、あの行為全てを許し、受け入れる気持ちにはなれない。自分はただの人間で、鳳成はこの村を守る人狼だ。

立場も違えば種も違う。芯の部分で相容《い》れられないのは当然だ。

――おまえは……晋鳳成のものなんだ！

切羽詰まった声は忘れようとしても忘れられるものではない。けれどそれだけに彼の執着が怖《おそ》ろしい。

何故村に来たばかりの自分にこだわるのだろうか。村に一歩でも足を踏み入れた人間は、みな人狼のものだと考えているのか。

村を守っているというだけで、他人を自由にする権利があるはずはない。

第一、何の力もない真永のような人間を側《そば》に置く必要がないだろう。彼には、意のままに従う狼たちがいるのだ。

掃除中の真永など置物のように無視して行き来する狼にため息が出そうになる。

日常の営みにこだわる自分が、ここでは異物だと思い知らされる。

その鬱屈は、日が落ちて辺りが闇に沈むと、いっそう強くなる。太陽の光が辛うじて押し返していた邪気が森を覆い尽くすようで、気持ちがざわついた。

部屋の小さな窓から禍々《まがまが》しい黒い塊に変わった森を見ていると、じっとしていられなくなる。

逃げたい、というよりはここにいたくない――その気持ちが抑えきれずに真永は部屋を出てしまった。幸い与えられた部屋は屋敷の戸口に近く、奥に位置する鳳成の部屋からはずいぶんと離れている。

それでも足音を気にして細い廊下をすり足で歩き、戸口から森へ向かった。

人の気配を感じたならば少しは気が紛れる気がして、村の灯《あか》りが見えるほうへと足を進める。

最初に迷い込んだとき鳳成に教えられたように、川下に向かって進めば人里へ辿《たど》りつくはずだと考えた。

だが当たりの付けかたを間違えたのか、それとも森の奥にある屋敷からでは見当が狂ったのか、気がついたときには辺りはいっそうの闇になっていた。

迷った――そう思った瞬間、全身から血の気が引く。

「とにかく、戻らなくちゃ……落ち着こう……」

必死に言い聞かせる耳に、不穏な獣の唸り声が聞こえてきた。

「……狼……違う……」

短い間に屋敷で狼の様々な声を聞いた真永は、それが狼ではないことだけはわかった。

「何……？」

この森に迷い込んだときに味わった恐怖が甦《よみがえ》る。あのときいろいろな獣の気配を感じた。

こんな夜に外に出るのは危険過ぎたのだ。

鳳成の屋敷にいるうちに、四つ脚の獣に対する警戒心が薄くなっていたことを後悔しても遅い。

真永は足音を立てないように、そろそろと踵《きびす》を返す。とにかく獣の声が聞こえないところへ行こう。

恐怖で激しく打つ鼓動を意識しながら足を踏み出したとき、背後でがさっと枝を割り開く音がして、真永は全身の毛という毛が逆立った。

もしも獣ならば駆け出すのはかえって危ない。

おそるおそる振り返った刹那、全身が硬直した。

「……熊」

それほど大きくはないが、首の回りを取り巻く特徴的な白い毛は、熊の中でも気性の荒い月輪熊《つきのわぐま》だ。

自分の狩り場に足を踏み入れた人間を、月輪熊は歯を剝《む》き出しにして威嚇する。

「……あ……」

ごめんなさいも、違うも、間違ったも、何も通じない相手に心臓が縮み上がった。

「……鳳成……」

何故か不意に鳳成の顔が頭に浮かぶ。

あの人は半分狼だというが、言葉も気持ちも通じる。

種が違うというのは、まさに今、目の前にいる相手のことだ。

迂闊《うかつ》に森に入り込んだ自分を責めながらそろそろと後ずさりをする。獣に背中を見せれば一気に襲ってくるだろう。

絶望的な気持ちと戦いながら、真永は一歩一歩後ろに下がる。斜面のある場所まで行ったら、そこから一気に転がり下りてみよう。

月輪熊は月明かりに目を金色に光らせて、じっとこちらを見つめている。

身じろぎもしないそのさまは、すでに真永を獲物と決めているようだった。

全身が強《こわ》ばり、脂汗で衣が湿っていく。

背後の様子を確かめる術《すべ》もないまま、黒い獣から距離を取ろうとして踏みしめた踵《かかと》が小枝を割った。

こんなときでなければ気にも留めないはずの軽い小さな音は夜の闇に響き渡り、緊張の糸を切る。

してはいけない失敗をした衝撃で平衡感覚を失った真永はその場に尻餅をつく。獲物の弱気を察した月輪熊が、前足を高々と上げて立ちあがった。

もう駄目だ――固く目を閉じて諦めに近い覚悟を決めた真永の鼓膜を、月輪熊の咆吼《ほうこう》が震わせた。

鋭い爪が自分を打ち据えるのを待つ真永に吼《ほ》え猛《たけ》る声が再び聞こえたが、その声は奇妙に濁っていた。

おそるおそる瞼を開けた真永の目に、月輪熊ののど笛に喰《く》らいつく銀色の狼が映った。

「……狼……」

その声を聞きつけたように、熊から牙を離した狼がひらりと真永の足もとに降り立つ。見たこともないほど大きな身体に、月明かりにも眩《まぶ》しい見事な銀色の毛並み。真永を見あげる目には人めいた怒りが浮かび、金色の縞《しま》が夜目に輝く。

「鳳成……さん……」

特徴のある瞳で狼の正体に気がついた。

激しい怒りを込めて真永を一瞥《いちべつ》した銀狼は再び熊のほうへ身体を返し、いっそう猛る手負いの獣に挑みかかる。

まるで月まで届くかのように跳ね上がった銀色の獣は、白い毛皮で被《おお》われた熊ののど笛に間違いなく喰らいつく。

苦痛で闇雲に振り回される熊の前足を太い尻尾で叩《たた》きつけてよけながら、狼は熊の喉にさらに牙をめり込ませた。

怒りと痛みで月輪熊は身を捩《よじ》り、邪魔者を振り払おうと前足を凄《すさ》まじい勢いで振り下ろす。だが銀狼は死んでも月輪熊を放さないと決めているように、身を捨てて敵の厚い毛皮に牙を食い込ませた。

苦しげな月輪熊の濁った吼え声が闇を震わせ、血が迸《ほとばし》って銀狼の毛も鮮血に濡《ぬ》れる。

「鳳成さん……」

見守ることしかできない真永の目の前で、やがて首の白い毛は真っ赤に染まっていき、月輪熊の動きが弱まってきた。

血で咽《む》せたようにごぼごぼした音が熊の口から洩《も》れると同時に、熊から離れた銀狼が再び真永の前に下りてきた。

銀狼の牙から解放された熊が残った力を振り絞り、よろよろと森の奥へと戻っていく。熊の姿が闇に溶けるとようやく銀狼が真永のほうへ振り返った。

「……あ……あの……」

狼の姿に変わった鳳成に何を言っていいかわからない。

艶やかな銀毛は血で腥《なまぐさ》く、豊かな尾の毛は熊の爪で無残なことになっていた。

そしてこちらを見る金色の目には憤怒《ふんぬ》と一緒に、真永を苦しくするような哀《かな》しさが浮かんでいる。

「……あ、鳳成……さん」

だが言葉を探している間に銀狼が首を伸ばして細く長く吼える。すると瞬く間に闇を裂いて数匹の狼が現れ、真永の周囲を取り囲む。

「あ……」

さすがに一瞬怯《おび》えるが、狼たちは銀狼の鳴き声に従い、真永に身を寄せて辺りを睥睨《へいげい》した。

頷《うなず》いた銀狼が一声吼えてそのまま闇に姿を消す。

「鳳成さん……」

呼び止める間もなかったが、代わりに現れた狼が促すように真永の足を身体で押してくる。

「あ……帰り道……？」

肯定する響きで軽く吼えた狼たちに守られながら、真永は屋敷へと戻った。


その翌日も翌々日も鳳成は姿を見せなかった。

怪我がひどいのだろうか。

それとも勝手なことをした自分への怒りが解けないのだろうか。

自分から彼の部屋に行こうにも、真永の部屋の戸口は狼たちが常にいる。無理に外に出ようとすれば威嚇をしないまでも身体で遮ってきた。

きっと真永一人で森へ出ないように鳳成から見張りを言いつかっているのだろう。

「鳳成さんは……大丈夫なの？」

最初にここへ案内してくれた子ども狼が見張り番のとき、真永はおそるおそる尋ねる。

小首を傾《かし》げて真永を見あげた子ども狼は、慰めるように真永の手をぺろりと舐《な》めた。

「……大丈夫なんだね」

肯定するように、狼がゆっくりと瞬きをした。

鳳成に仕えているから人の言葉を理解するのだろうか。

ここの狼はただの獣とは違う。真永の気持ちがわかっている。

何故自分だけが違う生きものだと思ったのだろう。

真永の脳裏に、銀色の毛を朱に染めて自分のために戦ってくれた鳳成の姿が甦る。逃げ出した自分を見つめていた哀しい瞳が浮かんできて、いたたまれない気持ちになった。

「鳳成さんに、ごめんなさい……早く良くなってくださいって、伝えてくれる？」

屈《かが》み込んで、子ども狼の目を見つめて語りかけた。

くぅんと、嬉《うれ》しそうに吼えた狼が、まだ小さな尻尾をぱさっと振った。

狼に鳳成への言伝《ことづて》を頼んだ翌朝、真永はいつものように台所で自分のための食事を用意する。

鳳成と自分、それと狼しかいないこの屋敷で、食事をするのは真永だけだ。

この屋敷に来た初めての日の食事は、小麦粉と麴《こうじ》で作った干し餅と、山査子《さんざし》の実を平らに引き延ばした山査子餅だった。どちらも保存の利く乾物だ。

『ここには人の食べ物はこれしかない。材料は用意するから食べたいものは自分で作れ』

質素な食事にありがたく手を合わせた真永に向かって鳳成がそう言った。

『僕は別にこれでも充分です。でももしよかったら、鳳成さんの分も作ります』

祖母と二人暮らしでそれなりに調理ができる真永の申し出に、鳳成は薄く冷えた笑いを浮かべた。

『俺は食わん』

『すごく上手いわけではありませんが、そんなおかしなものは作りません。家でも作っていましたから』

『……それは結構。だが俺は要らん』

背中を向けた鳳成は皮肉な口調で付け足す。

『狼だからな』

大股で部屋を出ていった鳳成に、その真意を尋ねる暇もなかった。

あのときの会話は真永と関わりたくないための嘘かと思ったが、実際に鳳成が食事をしているのを見たことはない。

土間造りの台所で、今日も自分のためだけの調理に取りかかりながら、鳳成のことを考える。

人の姿をした鳳成が何を食べているのかが気になる。やはり狼のように生肉を食べるのだろうか。

あの日、月輪熊ののど笛に喰らいついた鳳成はやはり獣にしか見えなかった。

口の端から生肉の血を滴らせる鳳成が浮かんできた真永は、慌てて首を振って怖ろしい幻影を追い払った。

鳳成が狼でなければ真永を助けることができなかった。

都合の良いときばかり頼りながら、獣の姿を嫌悪するのはいかにも傲慢だと思う。

けれど、もし狼でなければ、彼のために粥《かゆ》を作り側で看病もできただろう。やはりそれは残念だった。

思うようにならないことばかりにため息をつきながら、用意されていた食材を手に取った。

毎回の食材は高価なものばかりで、滅多に口にできなかったものばかりだ。

今朝の新鮮な山豆苗《やまとうみょう》は、鳳成が狼に命じて探させたのだろうか。そう思うと、手に入れにくい山豆苗のみずみずしさが重たく感じられる。

気が進まないが、柔らかい緑の芽を産みたての家鴨《あひる》の卵と炒《いた》める。

これは大切にされているということなのか。それとも、あの夜の詫びのつもりなのか。

たった一人の食事に気を遣われるのが重たく、真永はまた吐息が零れた。

「干した餅だけでも、僕は別にいいんだけどな。どうせそんなにここにいるつもりはないし、美味《おい》しいものを食べに来たわけじゃないんだよね……」

誰に聞かせるつもりもなく呟《つぶや》くと、背後から唸り声が聞こえた。

どきんとして振り向くと子ども狼が見あげていた。この子ども狼は真永を祠《ほこら》まで迎えに来てくれた狼だ。子ども狼は何匹か見かけるが、茶色の目に浮かぶあどけない表情と、ふさふさの尻尾で区別がつく。

ここに来た当初は狼などみな同じかと思っていたが、じきに彼らと寄り添うとそれは真永の傲慢な思い込みだとわかった。

毛並みも違えば目の色も違う。獣とはいえその目に浮かぶ表情があり、体つきも一匹一匹別だ。狼もまた人と同じように個性を持っている。

「……おはよう」

朝の挨拶に、狼がぱさぱさと尻尾を振った。

見あげてくる敵意のない茶色の目に引き寄せられ、真永は狼の目の高さに屈み込む。

「僕の言葉がわかるんだよね？」

肯定するように狼の目が瞬く。

「そっか、じゃあ一緒にご飯を食べるかな？　僕一人だとなんだか寂しいんだ」

そう言いながらおそるおそる手を伸ばすと、狼が手のひらをぺろりと舐めた。

「くすぐったいよ」

最初に知り合いになった子ども狼の無邪気に心を許す仕草に、ここに来てからずっと居場所のない気持ちが、少しだけ晴れる。

「君とは友だちになれるかもしれないね」

笑いかけた真永をまた見あげてきた狼の右足が汚れて、毛が固まっているのに気がついた。

「どうしたの？　泥水にはまっちゃったのかな。ちょっと見せてくれる？」

右足に触る真永の手を、狼は拒まなかった。

触れてみると右足の汚れは泥ではなくて血だった。

「怪我をしたんだね。大変だ……手当てをしないと。ちょっと待っててね」

そう言い聞かせてから木桶《きおけ》に水を張り、腰に下げていた手巾を浸す。

「痛いかな。我慢できるかな……いい子だから少し我慢してね」

床についた膝の上に狼の足を乗せて、濡らした手巾でそろそろと洗った。

「ああ……枝で切ったみたいだね。傷には蓬《よもぎ》の葉を貼るといいんだよ。あとで採ってきてあげる」

「狼に薬は要らん。舐めて治す」

いきなり背後から声が落ちてきて真永は振り仰いだ。艶のある黒い道袍《どうほう》を着た鳳成がおかしそうな顔で見下ろしていた。

子ども狼は叱られたと思ったのか、尻尾を後ろ足の間に挟んで真永の膝から前足を下ろす。

「鳳成さん！」

見下ろしてきた鳳成の頬は痩《こ》けて、黒い衣に包まれた身体は明らかにしおれている。だがすっきりと背筋が伸びた姿勢と穏やかな雰囲気からは、あの夜の銀狼を想像するのは難しかった。

「大丈夫なんですか……僕――あの」

詫びる真永を押しとどめるように、鳳成は片手を上げた。

「大丈夫だからこうしている。気にしなくていい」

静かな口調だったが、それ以上何も言われたくないという断固とした拒絶があった。

「でも……本当に……」

なんとか詫びようとすると鳳成が笑顔を消す。

金色の縞が浮かんだ目に狼の姿を見られたことへの嫌悪が滲《にじ》み、真永は途中で言葉を呑《の》んだ。

真永の困惑を察した鳳成が自分から雰囲気を変える。

「俺のことはもういい。だが、少しでも悪いと思うなら、夜に一人で外に出るな。ここにいる限り、狼たちはおまえを仲間と認めている。おまえの考えなしの行動が、狼たちを危険に晒《さら》すことになる」

「仲間……」

「そうだ。おまえには不本意かもしれないがな」

最後は少し皮肉な調子が交じったが、その言葉は真永の胸に真っ直《す》ぐに飛び込んできた。

「すみませんでした」

素直に頭を下げると、鳳成が思わずといったふうに言葉を零す。

「頼むから心配をかけないでくれ」

ごく自然な気遣いに満ち温かさに溢《あふ》れた口調は、言葉だけで真永を包み込む。

見あげた鳳成の目は安堵《あんど》の色が濃く、鋭さが和らいでいる。

理由はどうであれ、鳳成は本当に自分を気遣ってくれたのだ。

注がれる視線の優しさに身体の奥が熱くなり、視線を逸《そ》らした。奇妙な熱をやり過ごすために、真永は側にいる子ども狼の背中に手を当てて自分から話題を持ち出す。

「この子、治療してもいいですか？　狼が足を怪我していると、森の中で何かと不自由でしょうから、早く治してあげたいんです」

口早に言うと、鳳成が微《かす》かに笑う。

「おまえは本当に変わらないな……」

「変わらないって、何がですか？」

前にも同じことを聞いた気がする。訝《いぶか》しい声が出てしまうと、今度は鳳成が視線を逸らす。

「まあ、おまえの好きにしろ。その狼だけではなく、森にいる狼はどれもおまえに刃向かわないように言い聞かせてある。安心してかまっても大丈夫だ」

そのまま土間を出ていこうとする背中に、真永は声をかける。

「食事を一緒にどうですか？　山豆苗が美味しそうです」

「……おまえのために採ったんだ。全部食べろ」

答える背中が微かに寂しそうに見えたのは、気のせいだろうか。

去っていく大きな背中を見ながら、真永は鳳成の胸の内に思いを馳《は》せずにはいられない。

「ねえ、鳳成さんはどんな人なのかな？　怖い？　それとも寂しい人なんだろうか？」

きょとんとした狼の目が戸惑っているようで、真永は自分の問いかけのおかしさを自嘲する。

「わかるわけないよね。君たちは狼だもの。人と同じようには感じない」

最後の言葉を自分に言い聞かせた真永は、狼に肉の切れ端を与えたあと、土間の片隅に座って一人きりの朝食をとり始めた。

どんなに珍しい食べ物でも高級な素材でも、一人の食事は砂を噛《か》むようだ。

「でも今日は君がいてくれるから、嬉しいな」

土間に座り込んでこちらを見あげている幼い目をした狼に笑いかける。

「ご飯を食べたら、蓬の葉を採りに行ってくるよ」

狼が何かを答えてくれるわけではないが、じっと側にいてくれるだけで寂しさが薄らぐ。

急いで食事を終えた真永は、狼のために蓬の葉を探しに出かけた。

＊　＊　＊　＊

床の上にじかに胡座《あぐら》をかいた鳳成と向かい合った真永は机の前に座って筆を執り、鳳成の言葉を神妙に待つ。

「東の空に龍の形の雲が見えると、雷雨がくる。鈍色《にびいろ》なら森の木が裂けるほどの雷が落ち、白ければ村側の空に稲光が走る」

筒袖の中に手を入れて腕組みをした鳳成が目を閉じたまま言う。

「……東の空……」

復唱しながら真永は筆で紙に拙い文字を書き付ける。文字を書くのは不得手だが、戸惑っているとさりげなく鳳成が教えてくれる。

学んだことのない真永が感じている羞恥を嗤《わら》うことも刺激することもなく、手助けをしてくれる鳳成の気遣いは繊細で、獣の気配などまったくない。むしろ成熟した人間の優しさが滲んでいる。

初めての夜に力尽くで抱かれ、真永は傷つきもしたし、混乱もした。自分はなぶられるために呼ばれたのかと思った。伝えたいことがあるというのは、単に口実だったのかと、当然の疑いを抱いたが、それは杞憂《きゆう》だったのかもしれない。

こうして毎日午後になると、鳳成は真永の部屋にやってきて、自分が知っていることを話す。

雲の形や風の音から、天候を読む技。

森の木々に降る雨の音の強弱と、川の増水の因果。

森にひっそりと生える高価な薬草と、群生するよく似た毒草。

夏の太陽が見える日数と、翌年の蝗《いなご》の数。

森から村への風の流れと、その強さ。

見逃してしまいそうな小さな変化を頼りに天災を読む方法を、鳳成は淡々と真永に教える。

どれもこれも役に立つことなのに鳳成の口調に熱はなく、経験から培われた己の知識に関心がないようにさえ聞こえた。

「今夜……雨がくるな。風が濡れている。川下の家には多少流れ込むかもしれんな」

話の途中で鳳成はふっと瞼を開く。部屋の空気が微かに動いたのを察したらしく、唇に指を当てて鋭い音を鳴らす。

いくらも待たず、部屋に入ってきた狼が真永の横をすり抜けて鳳成の正面に立った。心得たように前足を折って身体を低くし、鳳成を見あげその命令を待つ。

鳳成が狼と視線を合わせ、喉の奥から声を出す。

人声とは違う響きの音で鳳成は狼に何事かを告げる。そのとき彼の黒い瞳の虹彩《こうさい》に不思議な縞が浮かび、人ではなくなる。

こんなやりとりを目の当たりにすると、自分に向けられた繊細な優しさへの感動が薄れる。

『やはりこの人は狼だ。自分とはわかりあえない』という思いの比重が増してしまう。

鳳成の命令に細く吼えた狼がくるりと方向を変え、また真永の横をすり抜けて部屋を出ていこうとした。

「あ、ちょっと待って」

その背中に鬼藪虱《おにやぶじらみ》の種がついているのに気がついて、真永は狼を呼び止めた。

なんでしょうか？　という顔で見あげてきた狼の背中に手を伸ばし草の種を取った。

「藪の中を走ってきたんだね。お疲れ様」

毛並みを手のひらで整えながら話しかけると、狼の目が礼を言うように瞬く。

「どういたしまして」

笑いかけた真永に狼は尻尾を一度大きく振ると、部屋から出ていった。

「立派な毛並みですね……ずいぶんと大人の狼なんでしょうか」

狼を見送りながら言うと、鳳成が薄い笑みを浮かべた。

「たぶん。だが俺はよく知らん」

「知らないって、ずっと一緒なんじゃないんですか？」

「忘れるほど長く狼たちといるが、別に奴らに興味はない。俺の言うことを聞いてくれれば、それ以外はどうでもいいことだ」

投げやりに言った鳳成の目は言葉より遥《はる》かに冷たく凍えている。底がないほど暗い目を長くは見ていられずに真永は俯《うつむ》いて言う。

「……信頼していない相手に命令はできません。僕は狼のことはわからないけれど、自立心が強い動物なんですよね？　嫌いな人には従わないはずです。狼たちだって、鳳成さんのことが好きだから、言うことを聞くんだと思います」

「……おまえは優しいな。おまえといれば、いつでも心が安まる」

狼の気持ちを代弁しようとする真永に、鳳成の目の暗さが薄れ、和らいだ光が浮かぶ。

「狼が俺のことをどう思っているのかは知らない。お互いに気持ちを探り合う必要など感じていない。けれど、狼たちがおまえを気に入っていることは間違いないだろう」

胡座の膝の上に肘をついた鳳成は、一瞬屈託が消えたように明るく笑う。

「狼の傷の手当てをしたり、毛並みを整えてやったり、食事を一緒に食べるのは、この世がどれほど広くてもおまえぐらいだ。狼がおまえの言うことを聞くのは俺が命じたからじゃなくて、おまえを好きだからだ」

鳳成の笑顔は清々《すがすが》しく、引き込まれるほど魅力的で、真永はどぎまぎとする。こんな笑顔を遠い昔に見たような気がするのは、その表情があまりにあでやかだからだろうか。

「……それは……一緒にいるから、当たり前です。誰だって一緒にいる相手は大切にしたいと思うはずです」

「そうかな」

鳳成の顔に嘲りが浮かび魅力的な笑顔をかき消す。

「おまえがここに来たのは、村人に大切にされなかったからじゃないのか？　村の奴らは自分たちのためにおまえを犠牲にしたんだ。もしおまえの言うように、共にいる者が助け合い大切にしあうなら、おまえは放り出されなかっただろう」

真永の愚かさを責めるよりも、村人への嫌悪がその声に滲む。

村を守りながらも、鳳成が村人を嫌っているのがあからさまだ。けれど村人に好意を抱いていないならば、どうして百年もこの地を守っているのだろう。今も、天候の変化にすぐに気がついて手を打った。

嫌いなものに、それほど細心な注意が払えるとは思えない。

「でも、鳳成さんはずっと狼たちと村を守ってきたんですよね？　関心がない人にできることじゃないです。今だってすぐに、雨の様子を村に知らせようとしてくれてるじゃないですか。村のことが好きだから、こうやって小さなことも見落とさずに、注意をしてくれるんですよね」

口ではなんと言っても鳳成の本心は違うはずだ。

必死に言葉の裏を探ろうとする真永に、鳳成が目を細める。まるで何かを懐かしんでいるような笑みが口元に浮かんだ。

「おまえはいつも……なんでもいいほうに考えようとするんだな……」

「いつもって……？」

鳳成の言葉はときどき真永の心に小さな棘《とげ》を刺す。だがその痛みの正体がわかる前に、鳳成は鋭く言い切った。

「俺は村の人間は嫌いだ。憎んでいる」

嘘とは思えない明確な憎悪が彼の声を尖《とが》らせた。

「だが俺の役目は村を守ることだ。絶対に俺は自分の役目を忘れない。何かを守ろうと思ったら、片時も目を離さないことだ」

鳳成はその目の虹彩に縞模様を浮かべ、獣の性《さが》を隠さない鋭い目つきで真永を見据えた。

「大切なことから一瞬でも目を離したら、一生後悔することになる」

「それは、村が大切ってことですよね？　鳳成さんにとってすごく大切だから、目を離さないってことですよね」

謎かけめいた言い回しを理解しようとして、真永は自分の言葉に換える。

「……何故そう考えるんだ」

苛立《いらだ》ちをこらえるように鳳成がきつく眉を寄せた。

「俺の大切なものは村なんかじゃないんだ」

彼の身体から殺気を孕《はら》んだ獣の気配が立ちのぼり、本能的な恐怖を感じた真永は椅子に座ったまま身体を仰《の》け反らせた。

真永の怯えに我に返ったらしい鳳成が喉を大きく動かして殺気を飲み込み、瞼を伏せて縞の浮いた虹彩を隠す。

「……俺は半分狼だ……おまえにわかってもらうのは難しいのだろうか。やはり……時間が経ち過ぎているのか……どうしたらいいんだ」

疲れたように呟く鳳成の頬に深い憂鬱が広がる。

「そんな……」

口では曖昧に否定しながらも、真永もまた彼を理解し切れないと感じるのを抑えられなかった。

鳳成との間は、毎日、毎時間、毎分毎秒の刻みで、近づいたり離れたりする。

真永自身が自分の揺れる心を扱いかねていた。

鳳成をどう思えばいいのだろう。彼は求めているのだろうか。

自分を見つめる彼の目は飢えている。その視線の意味を読み解かなければならないような義務感が、いつの間にか心の中に芽生えている。

真永に自然の読み方を教える以外、鳳成はあまり部屋から出てくることはない。狼は指笛一つ鳴らせばどこからか現れるから、自分が動く必要もないのだろう。いつ眠って、いつ食事をしているのかもわからない。もしかしたら本当に食べる必要がないのかもしれないが、人にせよ狼にせよそんなことがあるのだろうか。

生きものとしての営みから外れたら、どれほど辛《つら》く孤独なことだろうか。その孤独が彼の感情の起伏の激しさに繋《つな》がっているのかもしれないと、真永は思う。

優しい目を向けてくるかと思えば、ときに真永の察しの悪さに耐えられないように苛立った顔つきで冷たく突き放してくる。

けれどその仕草や目の奥には、偽りのない愛情が読み取れる。真永は鳳成を嫌いになることも、ひたすら怖れることもできない。

むしろ、摑《つか》みきれない彼の態度の裏にあるものが知りたかった。

「だって、本当は優しい人だと思うんだ」

真永は仲良くなった子ども狼の毛を梳《す》きながら話しかける。

「この間、僕が森で食べた草の実でお腹を壊したとき、一晩中看病してくれたんだから。優しくなかったらそんなことはしないよね」

見あげてくる狼に、真永は打ち明ける。

調度品のない屋敷の掃除に時間はさほどかからず、食事の支度も自分の分だけ。鳳成から村のことを教わる時間を取っても、自由になる時間がたくさんある。

鳳成の衣の手入れをしようにも、「半分獣の俺は弊衣で充分だ。人並みの格好など必要ない」と、やんわりと拒まれた。

その代わりとでもいうように、鳳成は安全な森の道を教えてくれた。

――ただし夜中は歩くな。昼間だけだぞ。

その言葉に従い、真永は無聊《ぶりょう》を慰めるために一人で森を散歩する。

鳳成は何も言わないが狼に見張らせていたらしい。一度崖から滑り落ちそうになったとき、木陰から飛び出してきた大きな狼が衣の裾にかじりついて、危ないところを助けてくれた。

夜だけではなく昼間でも森は危ないことを思い知った。

――ここにいる限り、狼たちはおまえを仲間と認めている。

あの言葉が胸に刻まれた真永は誰にも迷惑をかけないようにしようと、散歩の際は身の回りに注意を払う。

だが赤く熟れた野苺《のいちご》を見つけたときは、嬉しさのあまりそれまでの注意を忘れた。菓子を買う余裕がなかった真永は、幼いころから野原で見つける果実が何よりの楽しみで、それは今でも変わらない。辺り一面に広がる野苺を指先が染まるほど摘み、夢中で食べた夜、真永は激しい腹痛を起こし寝台で唸った。

『何を食べた？』

苦しむ小さな声を耳聡《みみざと》く聞きつけた鳳成が部屋に駆け込んできて、真永が押さえていた腹を探る。

『野苺……』

見あげた鳳成の顔は心配で青ざめていた。

『もしかしたら……間違って……蛇苺を食べたかも』

見たこともないくらい色を失った鳳成に、腹の痛みよりも申し訳ない気持ちが勝ってしどろもどろになる。

『あんな不味《まず》いものを食べる馬鹿はいない。第一食べても毒じゃない』

真永の寝衣の合わせを寛《くつろ》げ、腹の辺りを確かめるように押しながら鳳成は邪険に言う。

『それにおまえが森を歩くときは狼が見ている。毒の実でも草でも口に入れようとすれば必ず止める』

『あ……崖から滑りかけたとき、助けてくれました』

『それは聞いた。相変わらずおまえはそそっかしい。腹痛も苺を食べ過ぎて腹を冷やしたせいだ。前から腹が弱いくせに、気をつけろ』

まるでずっと昔から真永を知っているようなことをさらりと言った鳳成は、真永に布団を深くかぶせて部屋を出ていった。

鳳成の手に触れられただけで、身体が温かくなり腹の痛みが和らいだ。もう少しでいいから側にいてほしかったと思いながら、真永は腹を抱えて布団に顎を埋める。

この前狼に助けてもらったのにまたしでかした自分の不注意振りに、とことん呆《あき》れ怒ったに違いない。明日謝ろうと思いながら目を閉じると静かに扉が開く。

『眠ったか？』

背中越しに小さな声をかけてきた鳳成の声にもぞもぞと振り向くと、その顔に怒りはなく、ただ心配そうだった。

『起きていたか。これを腹に当てて温めろ。楽になる』

赤い絹布で包んだ温めた石を布団の中に入れてきた。

『あ……ありがとうございます』

こんな夜中にわざわざ石を煮てくれたと思うと石がますます温かい気がして、真永はしっかりと石を腹に当てた。

『おまえは身体があまり丈夫ではない。気をつけろ』

痛みで額に滲んだ脂汗を手のひらで拭いながら、鳳成は子どもに言い聞かせるようにゆっくりと言った。

『はい……鳳成さんはまるで僕のことを、昔から知っているみたいですね……』

腹が温まって痛みが薄くなった反動で眠りに引き込まれながら呟く。

額を撫《な》でていた鳳成の手がぴたっと止まり、息を詰める音が聞こえた。

『……鳳成さん……？』

重たい瞼を上げると、鳳成が急拵《きゅうごしら》えの笑みを浮かべて、真永の瞼を手で閉じさせた。

『俺はおまえの何倍も生きているから、おまえよりはいろんなことを知っているだけだ。さっさと寝ろ』

誤魔化された気がしてわだかまりが残ったが、それよりも側にいてくれる心強さが勝る。

目を閉じても鳳成が自分を見ているのがわかったが、恐怖はなく、守られている気持ちになる。

『……ありがとう、鳳成さん……心配かけてごめんなさい』

そのまま眠りに落ちた真永は、鳳成の返事は聞けなかった。

「でも、きっと怒ってなかったんだと思うんだ」

真永は狼に向かい、考え考えしながら言う。

「だって起きたとき、鳳成さんはまだ僕の枕元にいてくれたんだよ」

見あげてくる狼の茶色の目に「ね？　君もそう思うでしょう」と同意を求めた。

鳳成は朝になってから様子を見に来たと言ったが、腰の辺りに撓《たわ》んだ衣には姿勢を崩さなかったことを示すように皺《しわ》ができていた。顎を支えていた肘の軽い鬱血の痕も、一晩中動かないでいたことを如実に表していた。

「優しいんだ……すごく……そしてあの人といると、不思議にいろんなことが知りたくなる。鳳成さん自身のこととか、自分のこととか。自分でも知らない、すごく大事なことがあるみたいな気持ちになるんだ。どうしてだろう？」

艶のある毛を撫でながら、真永は乱れる心の内を幼い狼だけに打ち明けた。

狼は真永の言うことがわかったように細く吼える。

「……僕から話しかけてみればいいのかな。ねえ？」

真永の迷いを後押しするように狼が瞬いた。


狼に背中を押された数日後、珍しく日の高いうちに鳳成が森へ行くのに気がついた真永は、思い切ってそのあとを追った。もしかしたらもう少し、彼に近づくことができるかもしれない。

初めて会ったときと同じように軽やかな足取りで、鳳成は森の中を歩く。その動きと後ろ姿はしなやかで艶めいていたが、昼の日の下で見るととても美しく思える。

ついて行くのがやっとの真永は落ちている木の枝を踏んだり、木瘤《きこぶ》にぶつかったりして無様な音を立ててひやりとする。だが風の音だとでも思っているのか、鳳成は振り返りも立ち止まりもせず、同じ足取りで森をかきわけて、でこぼこした坂道を登っていく。

いったいどこまで行くのだろう。

息が切れて足がもつれたころ、高い木々に遮られていた空が不意に明るくなり、辺りの景色が変わった。

「すごい……」

深い森の中、そこだけが別世界のように明るい。眼下には村が作り物のように小さく広がっていた。

自分の悩みが急にたわいなく感じられた真永は、眩しい光を浴びながら深く息を吸い込む。鬱蒼《うっそう》とした森に囲まれて、知らず知らずのうちに身体が縮こまっていたらしい。手足に温かい血が流れていく開放感に浸りながら、ゆったりと大きな息を吐いた。

「少しは気が晴れたか」

背中越しに声をかけられてびくんとした。

「……気がついていたんですか」

振り返った鳳成の顔に見たこともない楽しげな笑いが広がっている。

「あっちでごつん、こっちでどたんと、あれだけ音を立てれば、土の中で眠っている蟬《せみ》の幼虫でも目が覚めるぞ。ほら、こっちへ来い」

手招きされて隣に駆け寄ると、鳳成は屈み込んで真永の足を見た。

「やっぱり傷だらけだな。痛いだろう」

布靴が裂けて指先や甲に血が滲んでいるのに言われるまで気がつかなかった。鳳成のあとを追いかけるのに夢中で痛みなど感じなかった。

こうして立ち止まると疼痛《とうつう》が這《は》いのぼってくるが、平気な振りで足をひっこめようとする。

「大丈夫です。こんなの別に……」

「何が別に、だ。泥が入って化膿《かのう》でもしたらどうする。それでなくてもおまえは身体が弱いのに。ほら、ここに座っていろ」

「あ……あの……」

どうして鳳成は自分のことをよく知っているような言動をするのだろうか。何度目かの違和感が襲ってくる。

だがそれを突き詰める前に、鳳成は背中を向ける。真永を柔らかな草の上に座らせた鳳成は、何も言わずにふらりとどこかへ消えた。

また戻ってくるのだろうか。それとも屋敷に帰ってしまったのだろうか。

だがすっかり心細い気持ちになる前に、鳳成は草の葉と葛の蔓《つる》を手に戻ってきて真永の前に屈む。

「足を出せ」

おずおずと足を差し出すと、破れた靴を脱がせた鳳成が草の葉を揉《も》んで傷に巻きつける。

「しみるか？」

「……いいえ」

少ししくしくとするのをこらえて、首を横に振る。

「多少は我慢しろ」

鳳成は自分の衣の袖を無造作に引き裂いて、手当てを終えた足に巻きつけた。

「屋敷に戻ったら、手当てをしなおそう……とりあえずはこれで大丈夫だろう」

そう言っている間に、今度は破れた靴を葛の蔓で適当に繕う。

「これで帰る間は保つ」

鳳成の手際の良さに見とれ断る間もなかった。真永は差し出された靴を抱えてぎこちなく礼を言う。

「……あの、ありがとうございます……迷惑をかけてすみません」

「かまわない。俺が誘ったようなものだ」

思いもかけない言葉に驚いて見つめたが、それ以上は答えたくないとばかりに視線を逸らして、彼は真永の隣に座り直した。

「森は昼でも夜のようだが、ここだけは明るい……気持ちのいい場所だ。気が晴れる」

いつもは平坦な口調がほんの少しだけ弾む。

「おまえの足では大変だけれど、気が向いたら来るといい」

視線は逸れたままだが鳳成の声は優しく、何故か懐かしく胸にしみてきた。真永はその気づかいの意味をあれこれ考えるより先にするりと言葉が出る。

「はい、ありがとうございます。今度は最初から小連翹《しょうれんぎょう》を摘んできます」

足に巻かれた草を布越しに確かめながら言うと、弾かれたように鳳成が視線を合わせた。

「おまえ、この薬草が何か知っているのか?」

「はい。それが何か?」

何かを期待するような黒い目に見られて、動悸《どうき》が激しくなる。

「この草が『血止め草』だと知っている者はいても、小連翹という正式な名前を知る者は多くない。どこで覚えた」

そう言われるとどこで覚えたのかはっきりしない。特に勉強をしたわけでもなければ、医者の手伝いをしたこともない。

「……誰に教わったのかは覚えていません。でも、前にも言ったと思うんですけど、薬草の名前は一度聞いたら頭の中に入るんです。だから、きっとどこかで耳にしたんだと思います。別に頭がいいわけじゃないんですけど。僕、学校も行ったことないですから」

「そうか……じゃあ、元から頭がいいんだな」

軽口に失望が隠されているように聞こえた。不思議な気持ちに揺れながら真永は首を横に振る。

「それはないです。僕はちゃんと勉強をしたことがありません。文字も祖母に習っただけです……本当はもっと勉強できたらよかったんですけれど、両親が早くに亡くなったので、余裕がありませんでした」

いつもは胸の奥にしまっている、学び損ねたことへの未練を口にしてしまう。今の暮らしに不満を抱くのは祖母に申し訳ないことだと思い、ずっと自分を諌《いさ》めていた。けれど今は素直に言いたかった。

立て膝に顎を乗せてため息をつく真永の肩に、自然な仕草で鳳成が腕を回す。

びくんとしてしまったが、見あげた横顔は穏やかだった。

「勉強したから頭がいいわけじゃない。人を幸せにできないなら、利口とは言わない。本当に賢い者だけが、大切な相手を幸せにできるんだ」

「……鳳成さんは、誰かを幸せにしたんですか？」

手で触れそうなほど実感の籠《こ》もった言葉に思わず聞き返す。

人狼が誰かを大切に思うなど想像もしていなかったけれど、彼にも間違いなく感情はある。側にいれば誰より温かい腕をしている。

自分を貫いた夜の狂おしい猛々しさが影を潜めた鳳成は頼りがいのある大人を感じさせ、寄り添っているのがごく自然に思えた。

「俺は誰より愚かだ。誰も幸せにできなかった。命より大切に思っていたけれど……できなかった」

「鳳成さん……」

何かを見据えるように前を見た黒い瞳には渇望と絶望、それに抗《あらが》う澄んだ光が揺れていた。その光は鳳成の中に宿る、狼という性への抗いに見えた。

「……日が落ちる前に帰るぞ。少し休め」

心の中を探る真永を遮るように、鳳成が強く肩を引き寄せる。

こんなふうに日の当たる場所で遠い昔、誰かの腕に抱かれた気がする。早くに亡くなった父

親かもしれない。

広い肩に素直に頬を寄せて、真永は目を閉じる。

身体中が温かく、心まで蕩《とろ》けそうだった。

鳳成は自分を喜ばせたくて、わざわざここに案内してくれたのだ。きっとそうだ。親切だけれど、少し寂しい人。もっとこの人をわかってあげたい。日の光みたいにキラキラした優しい気持ちで身体中がいっぱいになる。

「……鳳成……」

あまりの心地よさで眠りに落ちる間際、真永はふと呟く。

何故そう呟いたのかわからない唇に温かい唇が重なった気がした。

ああ、なんて気持ちがいいんだろう——真永は身体中が温もる感覚にうっすらと微笑《ほほえ》んだ。


鳳成のことをもっと知りたい。自分をここに呼んだ本当の理由が、聞いたこととは別にあるような気がする。

何か隠していると思えてならない。

見え隠れする自分への好意を感じる視線や、親しげな口調。そして暗い渇望と失望が交錯する先にある不思議な期待感。その全てが日に日に真永の心に物思いを重ねていく。

明らかに鳳成は何か理由があって、自分に執着に近い感情を持っている。

そう思えば、最初の夜の強引な交合を思い返さずにいられない。

まさかもうここから出られないのではないか——打ち消そうとしてもその思いつきに囚《とら》われるようになった。

そしてとうとうある夜、まるで何かの暗示のようにおぞましい夢を見た。

見知らぬ大人たちに囲まれて真永は泣いていた。理由はわからないが、ただ泣いていた。声は聞こえないが、激しく泣いているのは疑いようがない。

粗末な衣も、髪形も顔つきも今の自分とは少し違うのに、泣いているのが自分だとはっきりとわかる。

雨後の川のように頬を伝う涙を止める術もなく、真永は泣いている。

顔を歪《ゆが》めて首を横に振った自分が、誰かの名前を呼んだ——大きな男の背中に隠されて唇の動きは読めないのに、どういうわけか誰かの名前だとわかるのは夢の不思議なのか。

音のない夢なのに、肌がそそけ立つような悲痛な声だと感じた。

助けて——唇がそう動き、真永は身体中が冷たくなる。

僕が邪魔だったの——涙に濡れてみじめに震える唇が、そう言う。

どうして自分は泣いているのだろうか。

誰かが自分を邪魔にして泣かせたのだろうか。

けれどそれがいくら哀しくても、こんなふうに助けを求めるようなことなのか。

夢の中で泣きじゃくる自分があまりに憐《あわ》れに見え、慰める手を伸ばそうとした。

どうしてそんなに泣くの？

何があったの？

心でそう問いかけながら伸ばした手を強く握られ、真永は目が覚める。

「真永、どうした？」

小さな窓を抜けてくる月明かりにもわかるほど青ざめた鳳成が、真永の手を取り、顔を覗《のぞ》き込んでいた。

「僕……あ……」

瞬きをすると目尻から涙が零れ、本当に泣いていたことに気がつく。

「夢を見て……なんだか……驚いて……」

「夢？　どんな夢だ」

握られている手から伝わってくる鳳成の鼓動が激しく乱れている。

「わからない……なんだか……とっても怖かった――」

口に出したとたん実感を持った恐怖に震えた真永は身体を起こし、鳳成の腕に縋《すが》りつく。

「知らない人に囲まれて僕は泣いていた……どうしてかわからないのに、怖くて……泣いていたんだ」

鳳成の息が荒くなり、取られていないほうの腕を回して真永を抱き寄せる。

「……助けて……って言ってた」

思い出すだけで息が上がり、身体中が粟立《あわだ》った。

「誰かの名前を呼んだんだ……」

「誰のだ？」

何かから守るように激しく真永を抱き締めたまま、鳳成がしゃがれた声で囁《ささや》く。

「……わからない……夢だから音がしない……でも、その人が僕を邪魔だと思ったみたい……」

呟くと胸が詰まって、また涙が溢れる。

「わからないのに……すごく……怖くて、哀しくて……」

溺れるような呼吸をした鳳成は、真永の頭を強く抱えて胸に押し当てた。

「邪魔じゃない。そんなことがあってたまるか」

悪夢に苛まれて脂汗で濡れた旋毛《つむじ》に唇を当てて、鳳成は呻《うめ》く。

真永の顔を上げさせた鳳成は、両手で濡れた頬を包み込み視線を合わせた。窓からの月明かりに鳳成の瞳の虹彩が金色に光る。

けれど金色の瞳はいつものように猛々しい色はなく、腸《はらわた》を断つような激しい悔恨と哀しみが宿っていた。

「泣かないでくれ——何があっても俺が守るから。必ず今度こそおまえを守る」

鳳成の唇が濡れた頬に触れ、涙を吸い取る。

こうして鳳成に全てを委ね、慰めてもらうのが自然に思える。

頬に触れる温かい唇が涙の雫《しずく》を拭うたびに、怯えが消えていくのを感じながら聞く。

「……今度こそ……って？」

「そうだ、今度こそ——」

それだけを言った鳳成は真永に柔らかく口づけをした。

「俺がついていてやる。眠れ」

髪を撫でられていると先ほどまでの悪夢が嘘のように思える。

「……鳳成さん……」

全身を鳳成の温もりに包まれた安堵で、真永は広い胸に頬を寄せる。

そういえば初めてのあの夜以来、鳳成は自分に欲望の手を伸ばしてこない。怪我や病気のときは気遣う手を差し伸べても、あの夜のように真永に触れることはない。

自分を見る目にときおり渇望があからさまに浮かぶが、それでも鳳成の指は真永の髪の毛にすら触れない。

もし少しでも近づけば、また同じことを繰り返すとわかってでもいるように、飢えた眼差《まなざ》しを抱えたままで距離を置く。あの日の激情が真永を傷つけたことを悔いて、自らを戒めているに違いない。

真永を見つめながら獣めいた動きで胸を震わせて熱を吐き出す深い呼吸に、彼の心が隠されている。

あの夜の鳳成と今の鳳成は、どこで交わっているのだろう——悪夢から救い出され、温かい眠りに落ちながら改めてそう思った。

悪夢から救い出してくれた鳳成へ、真永の気持ちは近づく。

たかが夢で子どものように泣いたのを笑うことも責めることもしなかった。あのとき鳳成が抱き締めてくれなければ、自分はきっとあの夢に引きずられたかもしれない。

それほど怖かった。

あれほど真永の恐怖に寄り添ってくれた人が、真永が本当に怖がることをするわけはない。

真永自身よりも真永を知っているような鳳成を今は信じよう。この人の側にいれば安心だと何故かそんな思いが芽生えていた。

けれどその思いを裏切るように、翌日から真永は奇妙な夢にうなされ始めた。初めて見た悪夢で禁忌の扉が開いたかのようだった。

あるときは火に巻かれる夢。

次の夜は荒れた道を男たちに引きずられる夢。

そして朱色に染まった森の入り口で、何かを請い願いながら泣いている自分。

夜になると鳳成は扉の外にいるのだろう。真永がうなされると同時に部屋に飛び込んできて、しっかりと真永を抱き締める。

頰の涙を唇で拭いながら震えが止まるまでその背中を撫で続けた。

「いつも……ごめんなさい……」

眠りに落ちながら詫びると、鳳成の腕の力が強くなる。

「悪いのはおまえじゃない」

掠《かす》れる鳳成の声は泣いているようだった。

どんなに悲惨な夢でも、自分が泣き、怯えるのは耐えられた。鳳成の腕に抱かれれば、大丈夫だと思えた。

けれどその惨《むご》い夢に祖母が出てきたとき、真永は夢の中で硬直する。

夢に現れた祖母は、村に置いてきた祖母よりも遥かに老けていて、髪は真っ白だ。そして優しい顔は怒りと絶望で激しく歪み、形相が著しく変わっている。

それでもその老女が祖母だとわかった。

——あたしの孫を返せ！

祖母の唇がそう言っている。音は聞こえないのに真永の肌が祖母の絶叫で震えた。

——返せ！　返せ！

——あたしが代わりになるよ……放しておくれ！

罵倒と懇願が、祖母の口から繰り返し飛び出している。

理性の箍《たが》が外れたような祖母は、まるで寓話に出てくる山姥《やまんば》だった。

「お祖母ちゃん！　どうしたの！」

夢の中の叫びはそのまま大声となって口から溢れ、驚いた真永は自分の声で跳ね起きた。

「真永！」

寝台に半身を起こすよりも早く鳳成が飛び込んできて、真永を抱き締めた。

「大丈夫か」

いつものように声をかけられても、乱れた鼓動は収まらない。

気が違ったような祖母の姿が脳裏に焼き付いて離れない。

「お祖母ちゃんが……おかしい」

鳳成の胸に両手を当てて、声を振り絞る。

「夢だ。大丈夫だ」

これまでと変わらず穏やかに宥《なだ》める鳳成に逆らって首を横に振った。いつもなら素直に聞けるが、祖母のことだけは譲れない。

「夢じゃない……本当にお祖母ちゃんだった」

幻と言い切るにはあまりに生々しい姿だった。

「お祖母ちゃんは僕を捜している……帰らなくちゃ……」

鳳成の身体がぴくんと反応するが、真永は今ほど見た祖母の幻影に囚われていた。

「きっとお祖母ちゃんは僕がここに捕まったと思ってるんです。だから僕を捜している……戻ってあげないと、お祖母ちゃんがおかしくなってしまう」

「落ち着け、真永。おまえが見たのは……ただの夢だ」

鳳成が低い声で動揺を宥めてくるが、今日の真永にそれを聞き届ける余裕はなかった。

「ここに来るとき、お祖母ちゃんに会うことを許されなかったんです。だからきっとお祖母ちゃんは僕が連れ去られたと思ってすごく心配しているんです……戻らなくちゃ」

真永はひたすら訴える。

「村のことはだいたい聞きました。だから帰ってもいいですよね」

鳳成の瞳に怒りを表す縞模様が現れたが、真永は怯《ひる》まずに訴える。

「お祖母ちゃんは僕のたった一人の家族なんです。放ってはおけません。わかってください」

鳳成は何かをこらえるように頰を引きつらせたものの、諭そうとする口調は穏やかだ。

「おまえの祖母は村長たちが面倒を見ている。医者の処方した薬が効いて、体調も悪くない。毎晩狼たちを確かめに行かせているから間違いない」

「……狼が……」

「そうだ。俺の命令を受けた狼がただの獣ではないことは、おまえだって知っているだろう。狼たちはきちんと自分の役目を果たす」

嘘ではないだろう。

狼たちは鳳成の命令を忠実に聞いて真永を守っている。きっと祖母も見守ってくれているのだろう。村長たちも、村のために孫と離ればなれにさせられた祖母を見放すはずはない。頭では充分にわかる。

だが夢に現れた祖母は、真永の理性や冷静な判断を揺るがすほど、凄惨な姿だった。

——あたしの孫を返せ！

——あたしが代わりになるから、孫を放してください……。

肌で聞いた祖母の悲痛な叫びが真永を呼んでいる。今戻らなければ、本当に祖母を失ってしまう予感に突き動かされた。

「でも僕は、祖母の無事な姿を自分の目で確かめたいんです」

鳳成の肩に手をかけて揺すぶりながら懇願した。

「お願いです！　一日でいい。一日だけでいいから、村へ戻らせてください。お願いします！」

見つめてくる目に縞模様の虹彩がくっきりと現れ、怒りが瞳の色を変える。

それでも真永は怯まなかった。

「帰りたいんです！　もういいでしょう？　もう村へ戻してください」

「そんなに俺が信用できないか」

喉から出た声は、狼の遠吠《とおぼ》えに似ている。

「おまえの祖母は無事だ——そんな大切なことで、俺が嘘を言うと思うのか？」

「あなたは、狼だから」

いくら頼んでも聞き届けてもらえない絶望で、その言葉を口にする。

心のどこかで一瞬、これは禁句だと感じたが祖母への心配が強過ぎて歯止めが利かなかった。

「わけもわからずに僕はここに連れて来られて、狼の中でたった一人の人間なんです。人と狼

は違う。信用しろと言われても、できることとできないことがあるんです」

鳳成の目が透き通って闇に身構える獣のように光った。だが一度口から出た言葉は取り返せない。それがいっそう真永の気持ちを煽《あお》った。

「あなたは、獣だ……人の気持ちなんてわかるはずがない！」

言い放った真永に向かい、大きな手が伸びてきて首に回った。

「そうか、獣か……俺は、獣か」

どんな感情も窺《うかが》えない声がその口から洩れる。

殺される――真永は首に回された大きな手から逃れようと、その腕を摑んだ。

だが抗う手を逆手に取った鳳成は、寝台の上に真永を押し倒してのしかかった。

「俺にはもう時間がないんだ」

吼えるように叫んだ鳳成が真永の首に顔を埋めた。まるで牙が刺さり込むような激しさに真永は息が詰まる。

「……あと少しなのに……一日だって惜しいのに……」

くぐもって掠れた呻きは獣の遠吠えに似て、真永を怯えさせる。

この人は狼だ。頭がおかしくなった獣だ――逃げなくては食い殺されてしまう。

「放してください！　やめて！」

全身の力を込めて身体を捩り、覆い被《かぶ》さっている鳳成から逃れようとする。

だが暴れれば暴れるほど、彼はいっそう強く真永を押さえ込む。

「僕は帰るんです！　あなたに止める権利なんてない」

四肢の自由を奪われながら真永は鳳成を睨《にら》みつけた。

「村を守るってことは村人を守るってことですよね？　だったら僕も守ってくれるんじゃないんですか？　あなたは村の人たちを勝手だって言うけれど、あなたのしていることは、同じだ。

結局僕たちのことなんて、何もわかってないんです」

叩きつけた言葉の強さに鳳成がかっと瞳を見開いた。

「何もわかっていないのは、おまえだ！」

真永の罵りを遮るように鳳成が唇を押しつける。

「ん――」

鳳成の舌が唇をこじ開けて真永の口中を犯す。

上顎を舐め、喉の奥に逃げた真永の舌を引きずり出して、無理やりに舌を絡める。

「ん……っ……くる……」

息苦しさで呻いても、鳳成は唇を離さない。やがて合わせた唇の間から溢れた唾液が生ぬるく喉に伝わる。

大きな手が音を立てて真永の寝衣を引き裂き、寝台の下に投げ捨てた。

恐怖と怒りで粟立つ肌を容赦なく手のひらが這い、まだ平らな乳首を鳳成の指が慌ただしく掘り起こす。

「痛い――」

肌の中でも一番薄い場所を爪でつまみあげられて直截《ちょくせつ》な苦痛を口にしても、鳳成は指の腹でそこを強く擦って乳首の形を作りあげた。

首筋に下りた唇が真永の命を飲むように強く吸い上げる。

「……やめて」

痛みの中に隠れた快楽を探すこともできずに呻いた。

だが感覚よりも先に肉体が反応する。手加減のない強烈な刺激で、真永の雄芯が硬く形を変えていく。

下腹に伸びた鳳成の手が、真永の身体の中心を握り込む。

「やだ――」

ここに呼ばれた夜に、無理やり始まった交合のときでさえ鳳成は優しかった。未熟な真永の身体を、巧みな愛撫《あいぶ》で愉悦を味わえる肉体へと変えた。

だが今の彼は真永のことなど何も考えていない。

強く握った真永の芯を仮借のない勢いで擦る。

「あ――」

こんな一方的な状態で感じたくなどないのに、身体はあっけなく絶頂へと向かう。

望まない肉体だけの快楽は屈辱でしかない。

「いやだ……達《い》くのはいやだ……」

自分の力では敵《かな》いようのない相手に押さえ込まれながら虚《むな》しく呻いた。

いったい鳳成は自分をなんだと思っているのか。

獣の欲望を満たすためだけに真永をこの屋敷へ呼んだのか。

どんなに耐えてももうすぐくる絶頂に乱されながら切れ切れに浮かぶ思いを、真永は必死にまとまりのあるものに繋げようとした。

真永の身体を煽って征服しようとする背中は波を打ち、滲む汗が黒い繻子《しゅす》の衣を濡らす。

短い息を繰り返す鳳成から、法悦の気配も、蹂躙《じゅうりん》の歪んだ悦楽も感じられない。ただ、暗く濁った熱だけが身体中を取り巻く。

――抱きたいわけじゃない。

合わせられている鳳成の身体から聞こえるのは苦悶《くもん》の声だ。

だったら何故、こんなことをするのか。

やっぱりこの人はただの『獣』なのか。言葉で伝えられないものは、身体で伝えてくるのだろうか。

そんな言葉など自分にはわからない。

「あ――ぁ」

拒む術のない絶頂に追い込まれた真永は小さな喘《あえ》ぎを洩らし、鳳成の手の中に精を吐き出す。

「……あなたの気持ちなんて……わからない」

肩で息を吐き、弱々しく首を横に振る真永を見下ろしてきた彼の目は黒々と光り、川を思わせるように深く濡れていた。見ているだけでその目に溺れそうな気がする。

まさか泣いているのだろうか。

見返すと視線が逸れ、「わからないか」と鳳成は呟く。低くしゃがれたその声はほとんど聞き取れない。

「わからない……なんて言ったの……」

耳を近づけたものの、あからさまに顔を背けた鳳成は真永の腰に手をかける。

「もう……いやだ」

こんな気持ちで鳳成を受け入れることはできない。

だが真永の言うことなど耳に入らないように、鳳成は真永の身体を俯《うつぶ》せに返し、今度は背後から覆い被さる。無慈悲な手が真永の腰を高く上げて両足を割り、密やかな尻の狭間を晒させた。

「――くっ……ぁ」

まるで、自分のほうが強いと猛る獣が、獲物を服従させる姿勢のようだ。寝台に顔を埋めた真永は、諦めの呻きをこらえる。

もうここから逃れられない。

村に戻ることも、祖母に会うこともできない。

こみ上げる涙で敷布を濡らす真永の尻の狭間を、鳳成が指でさらに開く。真永の吐き出した精で濡れた指で、柔らかい襞《ひだ》をこじ開けて長い指を遠慮もなく突き入れる。

「う――っ」

屈辱の裏にある微かな甘さは、惨い運命への哀しみでかき消された。意志をなくした真永は鳳成が自分の身体を操るのにまかせた。

身体の中にある小さな凝りを指先で探った鳳成は執拗にそこを擦り上げ、真永の身体の熱を引き出す。

「あ……ぁ……」

こらえきれない疼《うず》きが腹の奥から頭の芯に伝わってくる。

愛情のない愛撫に応える自分は、鳳成と同じ獣になっていくのだろうか。

敷布を握った手に毛が生えて、指先の爪が鉤《かぎ》形に変わる幻影に真永は目が眩《くら》む。その幻は真永の身体に倒錯した淫靡《いんび》な熱を生み出し始めた。

意思とは別に開く襞と蠢《うごめ》く媚肉に、鳳成が硬い雄を突き立ててきた。

「あ――ぁ！」

狭い媚筒には大き過ぎる雄が穿《うが》たれた衝撃に折れそうに背中が反った。

「星――」

鳳成の唇が右の貝殻骨に当てられ、熱い舌先が何かの形を作るみたいに、貝殻骨を舐めるのを感じた。

「ここに星があるのに……どうして」

真永の背中の皮膚を吸い上げた鳳成の雄が、媚筒を裂くようにいっそう膨れ上がった。

「もう……やめて……」

わけのわからない言葉を聞かされるのも、抱かれるのももういやだ。おかしな夢を見るのもここへ来てからだ。

人でも獣でもない鳳成が自分を壊していく。

「終わらせて……お願い」

真永はとうとう泣き声で懇願し、身体の中に埋まっている鳳成の雄を締めつけるように、自分から下腹をうねらせた。

この時間を早く終わらせたい——願いはそれだけだ。

「真永、何故わからない——」

遠ざかる真永の心を追いかけるように腰を律動させた鳳成の雄が、真永の身体の最奥を抉《えぐ》る。

「真永——真永……この星を俺にくれ……」

背後から聞こえた呻きは臓腑《ぞうふ》を絞り出すようだ。

星とはなんだろう。何でも持っていけばいい——村へ帰れるなら命以外は人狼のものでいい。

ひたすらそう願った真永の肩を鳳成が噛む。

「あ——」

獣が牙を立てるような勢いで歯が立てられて、真永の薄い皮膚がぷつりと破れる。反動で全身が痙攣《けいれん》して身体の中にいる鳳成の雄を食いちぎるように引き絞った。

「く——っ」

ぴくぴくとひきつれる身体の中に、鳳成が熱をたたき込む。

彼の牙が裂いた肌がじくじくと痛み、溢れる血が背中に広がる。秘孔から零れ出るほど注がれた熱が、身体の中から真永を焼き殺そうとする。

身体の外と中から蹂躙されて耐えきれない理性が遠のく。

「お祖母ちゃん……ごめんね……」

目の前に浮かんできた、錯乱したような祖母の姿に呼びかけた。

最後まで祖母を心配させたことが哀しくてならず、遠ざかる意識の中で目尻が濡れた。

「……もう無理か……」

血にまみれた肩に顔を伏せて鳳成が呻く。

「この星に……意味はないのか……」

鳳成の気持ちはわからないし、今はわかりたくもない。それでも彼の声には腸がちぎれるような哀しみが宿っている。

けれど、自分では彼を救うことはできない。

もう誰の役にも立てない。真永は全身の力が消えていく。

「俺は……所詮狼だったな……」

闇の中に沈み込む前に真永が聞いた、それが最後の鳳成の言葉だった。

人狼の屋敷から細い道を抜け、真永は祠の入り口に出た。

案内した子ども狼が、ここまで、というように小さく唸ってくるりと方向を変えた。

「あ、……どうもありがとう」

狼の背中に辛うじて届いたのだろう。祠に消えていく尻尾がぱさぱさと振られた。

すっかり狼の姿が見えなくなると、真永は肩の痛みがひどくなった気がして傷に手を当てた。

怒りにまかせ鳳成が真永を蹂躙したとき力の加減なく噛んだ傷だ。

――……もう無理か……。

――俺は……所詮狼だったな……。

遠ざかる意識の中で聞いた声には、底の知れない哀しみと絶望があった。

望まない激しい交合から逃げるように失った意識が戻ったとき、肩の噛み痕には手当てが施されていた。

痛み止めの煎じ薬を差し出した鳳成は無表情で、先ほど見せた怒りもなければ冷たさもない。

「村へ帰れ」

熱のない声にはどんな感情も滲まず、人でも獣でもないただの音だった。

唐突な許しに戸惑う真永に立ちあがった鳳成は背中を向ける。

「最初にここへ、おまえを案内した狼に帰り道を送らせる。さっさと行け」

問いかけを拒むように硬い背中で鳳成は部屋を出ていった。入れ代わりに仲良くなった子ども狼が入ってきて、真永の衣を引いた。

いくら仲が良くても、狼は鳳成の命令しか聞かない。さかんに出立をせかす狼に従って真永は屋敷を出るしかなかった。

「……こんなの、あんまりじゃないか」

まるで追い出されたような気持ちだった。

帰りたいと言ったのは自分だ。けれどこれほど邪険に扱われるような頼みだったか。

まるで自分を見放したような鳳成のやり方に、真永は深く傷ついていた。

わかりあえてきたと感じたのは錯覚だったのか。

夜毎の悪夢から守ってくれたのは、人としての鳳成が自分に寄り添ってくれたからではないのか。

「やっぱり狼だ。僕には理解できないことをする」

肩の傷に手を回し、鳳成が手当てをした布を毟《むし》り取った。

「狼の手当てなんて、人には要らない」

自分勝手だとわかっていながらも、鳳成が自分を見捨てたことがひどく哀しかった。

「もう……忘れよう」

毟り取った布を放り捨てた真永は、漆の葉の間を抜けて祖母の待つ村へと歩を進めた。

＊　＊　＊　＊

「真永、大丈夫かい」

祖母の子好《しこう》が枕元に来て、布団に横になっている真永の額の布を替える。

「大丈夫、お祖母ちゃん。ちょっと疲れただけ」

熱っぽいのを押し隠して祖母に笑いかけた。

「無理もないね。狼の屋敷に一月《ひとつき》以上いたんだものね。何もなくて本当によかったよ」

大まかな話は東原《とうげん》から聞かされていたらしく、祖母は気の休まる暇がなかったようだ。

『村のためにおまえが自分から望んで、人狼のところへ行ったって村長さんから聞いてね。おまえの気持ちを無駄にしたくなかったから、我慢したよ』——そう言って、涙ながらに真永の無事を喜んだ。東原が自分たちに都合のいい話を作って祖母を言いくるめたことは、今更どうこう言うつもりはないが、微かなわだかまりは残った。

だが今後、祖母と自分がこの村で暮らしやすくなるならそれでいい。

いずれにしても鳳成の屋敷から戻って以来発熱が続き、仕事もできずに休んでばかりだ。それでも追い出されないのは、真永が村のために人狼のもとへ出向いたからだ。

そうでなければとうに居場所をなくしていただろう。これで良かったのだと真永は自分に言い聞かせた。

「村長さんから鶏肉をいただいたんだよ。米と煮ようね。おまえも好きだろう」

甘やかすように言って台所へ立つ祖母の背中を布団に横になったまま眺める。

こうして村に戻ってみれば鳳成の言ったとおり祖母は無事だった。

真永が森に行く前よりずっと元気で、この村に来たときよりも体調がいいくらいだった。

祖母のことに関して東原は約束を守っていた。医者に診せただけではなく、折に触れて滋養のある食べ物も差し入れてくれたらしい。

祖母がありがたがって何度も同じ話をした。

——おまえの祖母は村長たちが面倒を見ている。毎晩狼たちを確かめに行かせているから間違いない。

——おまえの祖母は無事だ……俺が嘘を言うと思うのか？

彼の言うことを信じてよかったのだ。

——あなたは、狼だから……信用しろと言われても、できることとできないことがある……。

いくら切羽詰まっていてもあれは言ってはならないことだった。本人にはどうしようもないことをあげつらって責めるなど、自分こそ人でなしだ。

離れてみれば共にいた時間が懐かしくてたまらない。

冷たさの裏の細やかな優しさ。肌の温もり。真永の名を呼ぶときの声の響きは微かに甘かった。

何故こんなにも心に残っているのだろう。

あれほど怖かった森に戻りたくて、熱が少し引いた朝に森へと足を向けた。だが謝りたくても、禁忌の森には人狼の許しを得ずに入ることができない。深く閉ざされた森が鳳成を隠し、真永の訪れを拒む。

シンと静まり返る森を眺めていると後悔が押し寄せる。しかも傷が治らないうちに無理をしたせいか、熱がぶり返して悪寒が走った。

よろよろと家に戻った真永は布団に横になり、一向に治らない肩の傷の疼きをこらえる。

言ってはならない言葉で人狼を最初に傷つけたのは自分だ。なのに傷つけられたと勝手に腹を立てて、彼が丁寧にしてくれた傷の手当てを毟り取った。

あのあと漆の葉に触れたのも悪かったに違いない。

天罰だ——真永は目を閉じて質の悪い眠りに落ちた。

その日が何かのきっかけになったように真永の傷口は膨れ上がり、昼夜を問わずに疼くようになった。

あてがった布にじくじくと血と膿《うみ》が染み出して乾くことがない。

作った粥も喉を通らなかった真永を祖母がひどく心配し、東原に相談したらしい。東原が夜に医者を伴って来た。

「これは……ひどい」

真永の肩の傷を医者と覗き込んだ東原が呻くほど傷は悪化していた。

「いったいどうしたんだね」

傷口に触れられる痛みをこらえるために食いしばった歯の間から返事をする。

「……森にいたときに……木の枝で……たぶんかぶれたんだと思います……」

なるほど、と言いながら傷口を指で確かめ、顔を近づけてつらつらと医者は眺める。吹きかかる息にさえ傷が痛んだ。

「牙だ」

やがて医者が怯えた声を上げ、東原が息を呑む。

「狼だ……こんな歯形がついて。すごいな……噛まれたのか？　真永」

慌てて寝衣を肩に引き上げようとしたが医者に阻まれた。

「違います……あの森は本当にいろんな木があって、見たこともないような尖った枝とか、不思議な形の木があるんです。それに引っかかってしまっただけです」

熱に浮かされた頭で真永は必死に理由を作る。

「あの森に誰も入ったことがないから、皆さんは知らないでしょうけれど嘘じゃありません」

村長と医者は顔を見合わせてから、真永に憐憫《れんびん》と共感の眼差しを向ける。

「君が村のためを思って何も言えないことはわかる。だが、相手はやはり狼だったのだな。これほどひどく人を噛むとは……」

東原の言葉に医者が大きく頷く。

「そうですよ、東原さん。これは間違いなく獣の牙です。狼に噛まれた痕ですね。獣の悪い毒が傷から身体に回ったんでしょうな。今まであの森の狼は人を襲わないと聞いていましたが、どうやら違うようですね」

「狼は所詮狼なのだね。本性は獣だ。こんなふうにいきなり牙を剝いてくる」

東原の何もかもをわかったような言い方に胸が苦しくなる。

――あなたは、狼だから。

他人から聞けば、自分のあの言葉が鳳成の心につけた傷の深さを突きつけられる。

「……噛まれたんじゃないです。本当です。人狼は……人を傷つけたりしません……彼は村をすごく大切に思ってます」

なんとかこの場を収めようとする真永をいなして医者が真永に衣を着せかけた。

「わかった。わかった。君が村のことを考えてくれているのはよくわかった。とにかく治療しよう」

東原と医者が交わす目配せで真永の話など信じていないのがわかっても、それ以上二人を説得する方法が探せなかった。

とにかく自分の傷が治れば不穏な噂も消えていくだろう。

真永は医者から処方された煎じ薬を飲み、馬の脂で作った軟膏《なんこう》を頻繁に傷に塗る。傷にいいと東原が届けてくれた鶏卵や豚の内臓を食欲のない胃に詰め込んだ。

それでも真永の抱えているわだかまりが身体に表れたように、傷は明らかな快方へ向かわない。

「……本当にどうしたっていうんだろうね。ここにあるほくろまで腫れて、大丈夫なのかね」

うつらうつらと眠ってばかりで頭に幕がかかったようだ。祖母の話もぼんやりと聞き流していたが、『ほくろ』という言葉は耳に残った。言葉がはっきりと摑めないが、ほくろと言われてぼんやりと聞き返す。

「ほくろって……何？」

「おまえのここにちょうど七つ、生まれたときからほくろがあるんだよ。大人になったら消えるかと思っていたんだけど、まだあるんだね。これがまた星みたいに綺麗《きれい》に並んでるんだよねえ……」

「星……」

鳳成もそんなことを言っていたが、考えをまとめることができない。身体の熱を持てあまして、口を利くのもだるかった。

「このまま治らなかったら、どうしたらいいんだろうね」

熱のある額を冷やしながら祖母が心配そうに吐息をつく。

「先生は大丈夫っておっしゃるけど、傷はちっとも良くなったように見えないんだよ……このままだと身体が腐ってしまうんじゃないかって、あたしは心配で心配で……知らなかったこととはいえ、狼のところへなんて行かせるんじゃなかった……」

すぐに温まる額の布をまた水に浸しながら祖母が目尻に手を当てた。寝付いたままの孫に涙が抑えきれないのだろう。涙まですすり上げながら祖母は冷たい布を真永の額に当てた。

「……大丈夫だよ……お祖母ちゃん」

枕元でぽつぽつと落とされる祖母の繰り言も傷に響く。安心させようと振り絞った声は細すぎて、逆に子好を余計不安にしたのだろう。

祖母が不穏なことを言い始める。

「……人狼が守り神なんて嘘なんだね。やっぱり村の人間を食べる獣なんだよ。泰有《たいゆう》さんの言うとおりだ」

「泰有……？」

どこかで聞いた名前だが思い出せず、目を閉じたまま聞き返した。

「そうだよ、泰有さん。村長さんの息子さんだよ」

熱に冒された頭の中に、皮肉な表情をした青年の顔が浮かんだ。

真永を舐めるように見て『生け贄《にえ》』と言い放った人だ。自分だけが正しいと信じている怖いもの知らずの若さに酔っていた。

「……泰有さんが何を言っているの？」

いきなり頭がはっきりした感覚に瞼を開けた真永は祖母に顔を向けた。

「人狼なんて獣だから、絶対村を襲ってくるって言うんだよ」

「そんなことない。人狼は村を守ってくれているんだよ。百年間もずっとこの村を見ていてくれている」

傷の痛みを押して真永は身体を起こす。

「大雨のとき、雷のとき、村に災害が起きそうなとき、全部人狼が教えてくれていたはずだ。僕が森にいたときも人狼はいつも村を見ていたよ。村長だってみんなそう言っていたのに、どうして急に人狼を信じないなんて言い始めたの？」

寝てばかりの孫が起き上がったことに子好は顔を綻ばせ、真永の気持ちには気づかず、にこにこしながら肩に衣をかけた。

「だって、わざわざ呼び出されて人狼のところへ行った真永が、こんな目にあったんだよ。結局は人を食いたいだけだろうって……ああ、怖い怖い」

両手で身体を抱えて祖母は身を震わせる。

「雷が鳴ったり雨が降ったりすれば、狼が吼えるのは普通のことだって、泰有さんが言うんだよ」

薬湯の入った茶碗《ちゃわん》を真永の手に持たせてから祖母は先を続ける。

「あの息子さんはしばらく都で勉強していたそうだから、難しいことをわかっているんだろうよ。なんて言うんだったかね……ええと、自然の摂理とか言ってたね、そういうものをよくわかっているんだよ」

　昔からの村の人間ではない祖母がこれだけ聞いているということは、ほとんど村中の人間が、泰有のもっともらしい主張を知っているはずだ。

「ねえ、お祖母ちゃん……まさかみんながそう言ってるんじゃないよね？　人狼は、本当は村を守るなんてしてないとか、村には全然役に立たないって」

　おそるおそる尋ねてみると、子好はあっさりと頷く。

「みんなって言ったら大げさだけどね。泰有さんは新しい教育を受けた人だから、いい加減なことは言わない。人狼っていうのはきっとまやかしなんだろうって話は、あちこちで言われているよ」

「村長さんはどうなの？　前は泰有さんのそういう考え方は何かが違うって、言ってたんだけど……」

「そうなのかい？　東原さんもお医者さんも卜占師《ぼくせんし》もみんな、やっぱり村中が人狼に誑《たぶら》かされたんだろうかって、難しい顔をしてたよ。供えものをずっと騙《だま》しとられていたんだって、怒ってるみたいだしねえ。おまえが襲われたのを知ってから、狼というのはやっぱり怖い生きものだってわかったんだろうね。祠を壊してしまえっていう話になってるみたいだよ」

　自分がこんなふうに寝付いてしまったことで、鳳成が大変な誤解を受けている。

——あなたは、狼だから。

元はと言えばあの言葉がこの混乱の発端だ。

狼だって気持ちはある。

自分に懐いてくれた幼い狼の無邪気に振られていた尻尾が浮かんできて、切羽詰まった気持ちになった。

このままではいけない。早く誤解を解かなければ、本当に村に禍《わざわい》がもたらされそうな気がする。

真永は手にしていた茶碗を置き、肩にかけられた上着に袖を通す。

「真永、どうしたんだい？」

「母屋に行って、村長さんに会ってくる」

「会ってくるって、まだ熱があるんだよ。もう夜なんだから、せめて明日にしたらどうだい」

慌てて止めようとする子好に、「大丈夫だよ」と、笑いかけた真永は目眩《めまい》をこらえて家を出た。

人狼の本当の姿を伝えなければならない。

その一心で、苦痛に逆らってひたすら足を動かす。借りている屋敷脇の小屋から母屋まではほんの少しの距離なのに、熱と傷の痛みで息が上がった。

ようやく辿りついたときには、茜染《あかねぞ》めの衣がぐっしょりと濡れて血のように見えた。呼びかけに応じて土間口に出てきた手伝いの娘がぎょっとする。

村長に会いたい旨を伝えてから、土間に一人残された真永は土壁にもたれ肩で息を吐く。手伝いの娘の話では来客中らしいが、いつまでも待つつもりだ。

「大変そうだな。傷はどうなんだい」

不意に背後から声をかけられて、真永は壁に手をついたまま振り返る。

「後ろから見ていたけれど歩くのも難儀じゃないか。もっとも狼にやられれば、生きているほうが奇跡に近いけれどね」

村長の息子の泰有がにやにやしながら、真永を上から下まで検分するように眺めた。

襟と腰帯にぎっしりと花鳥の刺繍《ししゅう》を施した派手な朱華色《はねずいろ》の深衣から、きつい香の匂いがした。女のところにでもいたのか。

夜道を照らす月明かりの中をふらふらと歩く真永を見かけ、表門へ向かわずにあとをつけてきたのだろう。侮《あなど》られてはいけないと、真永は腹に力を入れて泰有と視線を合わせた。

「……泰有さん、人狼のことであなたが何か誤解をしているような噂を聞きました。本当でしょうか」

「噂ってあれかな？　人狼が村人を騙していたって話？」

壁に肘をついて泰有はにやりとする。

「噂じゃなくて真実だろう？　雷が鳴り、大雨が降れば狼は吼える。それを勝手に村の年寄りが、いいように解釈しているんだ。こういう小さな村では往々にしてあることだけれどね。頭が固い年寄りは、言い伝えの善悪など考えずにそれを踏襲したがる。筋道を立ててものを考えることを放棄しているんだね。もっとも村を仕切る村長があれでは仕方がないか」

肩を竦《すく》めた泰有は訳知り顔で続ける。

「僕の役目はこの村の蒙《もう》を啓《ひら》くことだと思っている」

泰有は真永の肩を指さして気の毒そうな顔を作った。

「もっと早く僕が人狼の言い伝えをなんとかしていたら、君もそんな目にあわなくて済んだのに。悪かったと思っているよ」

上滑りな調子で同情され、真永はこみ上げてくる不快な思いをこらえるのが精一杯で、黙り込むしかできない。

「いい加減、狼を信奉するのはやめろと、父にも言っているんだ。なのに自分の代でことを荒立てたくないらしくて困っている」

泰有は大げさにため息をついてから、自分のこめかみに人差し指を当ててとんとんと軽く叩いた。

「それで僕は、この凝り固まった、つまらない寓話を打ち破るために一計を案じた」

「……なんですか」

やっと出た声はひび割れて小さく、もしかしたら泰有はよく聞こえなかったかもしれない。だが得意満面の泰有は相づちなど必要としないらしく、自分勝手な高説まがいをぶちあげる。

「森をなくせば全てが解決する。無知蒙昧な村人を救える」

「森をなくすって……どういう意味ですか？」

「焼いてしまえばいい」

泰有は身を屈め、嘲るみたいに真永の耳に声を吹きかけた。

「森が焼けて全部なくなれば、人狼なんていうまやかしの存在も消えてなくなるだろう？」

想像を遥かに超えた暴挙の策だ。

だが全身を走る激痛よりも、泰有の言ったことのほうが衝撃だ。

「駄目です！　そんなこと」

世話になっている東原の息子だということも忘れて叫んだ。

「人狼はまやかしじゃありません。本当にいるんです。僕は彼に会いました。あなたこそ、何もわかっていないんです」

「じゃあ、君のその傷は誰がつけたんだ？　明らかに獣の噛み痕だと医者が言っていたが、君は人狼がつけたんじゃないと言い張っていると聞いたぞ」

「そうです……この傷は違います。獣の噛み痕じゃありません！」

肩を押さえて身構えると泰有が狡猾《こうかつ》な笑みを浮かべる。

「つまり君は人狼に会ってない。誰かといたのかもしれないが、そいつはただの人間だった」

「いいえ、それも違います！　狼の姿のあの人を見ました……見たこともないとても大きな狼でした」

自分を守ろうと戦ってくれた銀色の狼の姿を忘れはしない。

けれどあの人は自分から望んで狼として生き、この村を守っているわけではない。

鳳成の口から洩れた、自分を『狼』と呼ぶ声には苦痛と諦念があった。誰にわからなくても真永にはわかる。

彼が背負っているものの正体は見えないが、何かに必死に耐えているのは確かだ。

「間違いなくあの人は村を守る人狼です。嘘をつくような人ではありません」

「でも、その男は君の目の前で、手足に毛が生えて、狼になったわけじゃないだろ……単に森の中に大きな狼がいた――それだけだ」

真永の必死の抗弁を泰有は鼻であしらう。

「可哀想《かわいそう》だけれど、教育を受けていない人間の純朴さは詐欺師の餌食になりやすい。君は人狼と名乗る男の手口にまんまと引っかかっているんだ」

真永の無知を嗤うように泰有は唇を歪める。

「狼の自然の習性を利用して人狼だと名乗れば、愚かな者たちが怯えてひれ伏す。様々な供物で寝て暮らせるという寸法だ。昔からの愚かな言い伝えを上手く利用した騙《かた》り屋だ。逆らいそうな村人には狼を仕掛けて痛めつけてしまえばいい。幸い君は傷だけで済んだけどね」

「それは違う。絶対に違います。目で見たことしか信じないと言うなら、森へ行ってみてください。人狼に会いたければ祠に手紙を置けばいいんです。きっとあなたが間違っていることがわかるはずです」

治りきらない傷が疼き無理をしたために熱が上がったらしく、目の前が暗くなる。

壁に手をついて必死に身体を支えながらもう一度訴える。

「あなたこそ、世の中には知らないことがたくさんあるということを、知るべきです！」

身体中の力をかき集めて精一杯の声を上げた。だが次の瞬間、足もとが揺れるのを感じた。

「……あの森に住む人狼が……村を守っているんです……僕は本当に知っているのに……」

目の前の泰有の顔がぼやけてきて、壁についていた手が力を失って身体がずるずると滑り落ちる。

人に信じてもらえないことが、こんなに苦しいのか。

——そんなに俺が信用できないか。

鳳成はどんな気持ちであの言葉を言ったのだろう。

今更取り返しのつかないことを、真永は沈む意識の中で手探りしてみた。

「無知とは怖いものだね……お父さん」

東原らしき男に抱えられた真永は泰有が嘲《あざわら》う言葉を微かに聞いた。

「泰有さんと村の若い人たちが、集まって森へ行ったみたいだね」

祖母がそう言ったのは、真永が東原の屋敷で倒れた二日後だった。

あの夜は結局、東原家の使用人たちがここまで真永を運んでくれたらしい。

「それでなくても東原家には迷惑をかけているのに」と、気がついた真永に向かって祖母が泣いた。これ以上は何もしないでくれと懇願された上に、傷の痛みがひどかったせいもあり、この二日間は薬湯を飲みながらひたすら横になっていた。

真永が黙って静養していることに安堵した祖母は何気なく泰有のことを口にしたが、真永は布団から飛び起きた。

「泰有さんが森へ？　こんな夜中に？　本当？」

「そうみたいだけど、それがどうかしたのかい？　若い人には夜も昼もないんだよ。元気だねえ」

祖母の間延びした話を聞くのもそこそこに、真永は粗末な衣に着替えて小屋を出る。

「真永！　どこへ行くんだい！」

声だけで追いかけてくる祖母に返事をする時間も惜しい。

「森へ！」

一言だけ残し、真永は森へと向かう。

強い夜風が森から村へと吹く。その向かい風を泳ぐように突き進んだ。

熱がすっかり引いたわけでもなく、走るとまだ肩が痛む。それでも真永は真っ直ぐに続く森への道をひたすら走った。

やがて視線の先に揺らめく松明《たいまつ》の灯りが微かに見える。

——森をなくせば全てが解決する……焼いてしまえばいい。

根拠のない自信に溢れた泰有の声が耳について離れない。

まさかあの考えを、泰有は本当に実行するつもりではないだろうか。

村長の息子で、弁も立つ泰有の信奉者は多い。村の伝統や言い伝えをしがらみと取る若者には、泰有の考え方が耳に心地よく響くに違いない。都で勉学を修めたことも彼の危険な思想に箔《はく》をつけている。

百年も村を守ってきた鳳成がたった一度人を傷つけただけで、どうしてそれまでの苦労を否定されなければならないのか。

——この星を俺にくれ。

鳳成は真永を傷つけたかったのではない。真永にはわからないけれど、やむにやまれぬ思いに突き動かされてしまっただけだ。

――あの村の連中はいつもそうだ……身勝手な奴らの集まりだ。

鳳成の言うことが正しい気がしてくる。

けれど一番責任があるのは自分だと真永は思う。つまらない苛立ちから傷を悪化させて、鳳成を窮地に陥れてしまった。人狼が狼を使って本当に村を守っていることを、目の当たりにしたのは自分だけなのに、それを上手く伝えることができない。

泰有の暴走を止めて鳳成を救わなくてはならない。

助けてくれた恩を返したいだけではない。

共にいたときに与えられた鳳成の優しさや温かさ、そして何かに苦しんでいた姿が忘れられない。

鳳成を守りたい――その一心でひた走った真永は、傷の痛みで息が詰まりそうになりながらもなんとか森に辿りついた。

「泰有さん！」

泰有を始めとした若者たちが手に手に松明をかざして祠の前に群れていた。

「何をしているんですか！」

肺に残った息を絞って、青年たちを扇動している泰有に駆け寄った。

「この前言っただろう。森を焼くんだ」

泰有の黄蘗《きはだ》染めの衣は今夜の満月より明るい。闇に紛れようという罪悪感など微塵《みじん》もない姿でこともなげに言った。

「ですから、そんなことは駄目です!」

身体がばらばらになる激痛に耐えて声を振り絞る。

「あなたが生まれる前からずっと、人狼はこの村を守ってきているんです。あなたがこの村に生まれることができたのも、人狼のおかげなんですよ。僕が暮らしていた村は大雨で川が溢れて、祖母と二人、命からがら逃げ出しました。もしあの村にも人狼と狼がいて、守っていてくれたら、僕はせっかく耕した畑を捨てて逃げ出さなくてもよかった……あなたは、守られていることのありがたみが何もわかっていないんです!」

真永の剣幕に押され、後ずさった泰有の手から松明を奪い取った。

「こんなことはやめてください。人狼は獣じゃない。僕たちと同じように心も感情もあるんです」

「……獣は獣だ。人ならば村に住むだろう……」

自分に逆らうはずのない真永の抵抗に、泰有はいつもの巧みな弁舌を失う。

「村が人の住処であるように、森もいろんな生きものの住処です。人狼や狼だけじゃない。たくさんの生きものがいます。人の命だけが命じゃない。あなたがやろうとしているのは、他人の家に火を放つのと同じことです！」

傷の痛みと熱に苛まれた身体は以前にも増して華奢《きゃしゃ》になり、松明の炎に照らされても血の気がない。けれど一歩も引くまいとして漲《みなぎ》った気迫が相手を威圧する。

泰有の口の上手さに乗せられ、村を守るという名目を隠れ蓑《みの》に異形のものを排除するという歪んだ欲望を掻《か》き立てられた若者たちが、真永の心からの言葉に憑《つ》きものが落ちたような顔をした。

「……うちの祖父ちゃんは反対してる」

「そういえば……お祖母ちゃんはいい顔をしなかった」

一人が言い出すとまた一人がそれに答え、そこにいた青年たちが顔を見合わせた。

「泰有……もう一度……みんなで話し合ったほうが……」

とうとうその言葉が出たとき、泰有がかっと目を見開いて声を上げた。

「おまえたち、何を誤魔化されているんだ！　こいつは最近村に来たばかりの人間だぞ、何がわかる。村が百年も騙され続けていたことを知っているのは、この村で生まれ育った人間だけだ！　僕は騙されない！　この村を無知から救い、愚かな鎖から解き放ってやる！」

暗い森に向かって喚《わめ》いた泰有は、真永の手から松明を奪い取ると、祠に向かって投げつけた。

「あ――っ！」

祠は石造りだが基盤は檜《ひのき》で、門の庇《ひさし》も檜の老木で組んだものだ。松明の炎は意志を持っているように、自分が燃え移れる場所を間違いなく舐めた。

あっという間に祠が火に包まれ、力を得た火は森の木々へと赤い触手を伸ばす。

「燃えるぞ！」

泰有がその目に炎を映して快哉《かいさい》を叫ぶ。

「馬鹿なことをしないでください！　村は風下ですよ」

鳳成から聞かされた風の話が頭をよぎった。もし今森が燃えれば強い夜風が炎を村へと運んでしまうだろう。

「もっと燃やせ。村を縛る因習を燃やし尽くすんだ！」

だが泰有は自分の声に酔ったように、他の者たちの手から松明を奪い取り次から次へと森へ投げ込む。

「あ……燃える……」

たちまち広がっていく炎に、真永は足が竦んで動けなくなった。

「……火が……熱い」

身体の中で何かが出口を求めて渦を巻いているのがわかる。

ずっと忘れていた大切なことが噴き出してくる予感とその恐怖にがんじがらめになりながら、真永は焼けていく森を見つめる。

「……お願いだ……教えてください……」

身動きもできないまま唇だけで真永は願う。睫《まつげ》がちりちりと燃えても瞬きをせずに、生きもののめいた動きをする火の塊を見続けた。

やがて自分のほうに向かってくる大きな炎の中に何かが浮かび上がる。

「……誰……僕……？」

足もとから炎に巻かれ泣いている脆《もろ》い体つきの青年の幻。顔もはっきりしないのに、あれは自分だと真永は感じる。

「鳳成！」

紅蓮の炎に包まれた自分がそう言っているのが、今度ははっきりと聞こえた。

＊　＊　＊　＊

大人でも腕を回せないほどの大木に、荒縄で括《くく》りつけられた幸真《こうしん》は激しく身を捩った。鳳成が村を留守にする間、燕成《えんせい》の手伝いをするだけのはずだったのに、いつの間にか禁忌の森へ捧げられる生け贄に祭り上げられていた。

「どうしてですか……燕成先生……」

自分をその手で柱に縛りつけた燕成に幸真は揺れる視線を向けた。

落ちかけた夕陽に染まる中、いつの間にか村人たちが辺りをぐるりと取り囲んでいる。

幸真は救いを求めて見慣れた顔を見つめるが、誰もが魂のない面のような顔を幸真に向けてくるだけだ。

「順倫《じゅんりん》先生！」

人垣の中に、世話になっている順倫の顔を見つけ、幸真は叫ぶ。

「お願いです、順倫先生。こんなこと間違ってるって、言ってください！　お願いです、順倫先生！」

子どもたちの教育に携わっている順倫は、鳳成とも仲が良く、いつも公平な人だ。

卜占師の因習に囚われる人ではないはずだ。

「順倫先生！」

だが声を振り絞った幸真から、順倫が視線を逸らす。いつもの闊達《かったつ》さは微塵もなく、死んだ魚のような濁った目をしている。

誰も彼もが虚ろな目をし、幸真を知らない人間のように見ている。昨日までは笑顔で挨拶をした人たちが、幸真の存在を自分の中から消していく。

誰も助けてくれない――幸真は焼けつくような絶望の中でそう思うしかない。

疫病は森から来る。だから森の魔を鎮めるために生け贄を捧げる。その生け贄は人でなければならない――卜占師がそう占ったと言う。

それが絶対の真実なら、どうして卜占師の顔が蠟《ろう》のように白いのだろう。

村長の瞼がびくびくと痙攣しているのだろう。

みなが後ろめたいことでもあるように、幸真の訴えが聞こえない振りをした。

「燕成先生……」

辛うじて自分から目を逸らさない燕成に、幸真は一縷《いちる》の望みをかけるしかない。

「助けてください、お願いです……」

乱れた気持ちが懇願の言葉で涙に変わり目から溢れ出す。

「助けてください、お願いです……僕……僕……ちゃんとお手伝いしますから……許してくださ い……」

もしかしたら気がつかないうちに何か悪いことをして、燕成の機嫌を損ねたのかもしれない。それなら直すから――小さな希望を必死に探した。

「幸真」

まるで幸真が子どもじみた我《わ》が儘《まま》で愚図っているかのように、燕成は苦笑を浮かべた。

「君は村の役に立つために私のところへ来たんだろう？　この役目は君にしかできないことなんだよ」

「……僕は……燕成先生のお手伝いをするのに……来ただけです」

この場から逃れられない事実が胸に迫ってきて舌がもつれた。

「鳳成……に会いたい……」

流れ落ちる涙が喉まで入り込み、子どものように拙い調子で繰り返した。

「鳳成に会いたい、鳳成、鳳成」

絶望と恐怖から逃れる術もないまま、辺りはばかることなく泣きじゃくる。

「鳳成、助けて、鳳成……鳳成……」

鳳成が今ここにいればきっと自分を守ってくれるはずだ。

彼の強く温かい身体を思い出しながら、いない人に呼びかけた。

「助けて！　鳳成！　助けて！」

縛られた身体を捩り、腹の底から愛しい男の名前を呼ぶ。

身体を拘束した荒縄が皮膚に食い込み血が滲むのもかまわずに、ありったけの思いを込めて叫ぶ。

「鳳成！　お願い！　今すぐ戻ってきて！」

無表情だった村人の顔に苦痛が浮かび、幸真の叫びから逃れるように顔を背けた。

何か言いたげに唇をわななかせた順倫が両手で強く拳を握る。

「幸真」

村人の動揺の波を押し戻すように燕成が口を開いた。

「鳳成は君に言わなかったか？　この村の役に立てと」

顔中を涙に濡らしながら幸真は恋人の父親を見た。こんなときでも落ち着き払った素振りは、燕成の正しさの証《あかし》に思える。

「君は村の役に立てることをきっと喜ぶ、鳳成がそう言ったぞ。違うのか」

――頑張って、村の役に立ってくれ。

――おまえにしかできないことがある。……父の言葉は俺の言葉と信じ、精一杯尽くしてくれ。

あれはこのことだったのだろうか。

出立の前に鳳成に言われたことをおののきながら思い出す。

まさか鳳成が自分にそんなことを望んだのだろうか。

未熟な医者の卵だと言いながらも、鳳成は人の命を守る仕事を大切に考えていた。あの鳳成が、たとえ幸真ではなくても、誰かの命を奪うような儀式を認めるとは思えない。

だが幸真の僅かに残った理性を燕成が潰しにかかる。

「嘘じゃないぞ。息子は医者だ。取るに足りない君の命より村が大事なんだよ」

――父の言葉は俺の言葉と信じ、精一杯尽くしてくれ。

「鳳成……」

また新しい涙が身体中から零れて頬を滂沱《ぼうだ》と伝う。

鳳成は自分より村を選んだ。

絶対に幸せにすると言ってくれた。けれど、村が疫病に冒されそうになって初めて、鳳成はもっと大切な己の役割に気がついたのだろうか。

とうに自分は知っていた――だからいつか綺麗に身を引こうと決めていたのに。

「……鳳成……鳳成……」

ただその名前を呼びながら流れる涙に身を任せた。

もう自分を必要とする人は誰もいない。

絶望が生きようとする意志を奪い、今このときを早く終わらせたいと祈った。

だが人垣の中から這いだしてきた祖母の恵小《けいしょう》の姿に新たな絶望が積み重なる。おそらくこの儀式のことを村長たちが恵小の耳には入れないようにしていたのだろうが、村に広がる不穏な気配は隠しようもなかったはずだ。

律儀な気性で決まり事を破らず、これまで禁忌の森へ足を向けることのなかった祖母が、生け贄の幸真に向かって走り寄る。

「幸真！　幸真！」

だが途中で村長に止められて、恵小は身を捩る。

「燕成先生、なんてことするんだい、あたしの孫に」

怒りのあまりに掠れた声で恵小は燕成を睨みつけた。

「恵小さん、……あんただってこの村は長いんだ。儀式がどんなものか知ってるだろう」

仕方のない人だね——と、燕成は深いため息をついてみせる。

「この村に暮らすってことは、いつ誰に、どんな役割が回ってきてもそれを果たすってことだよ。今回はあんたの孫だけれどね……それも村のためだ」

長い間村の因習の中で暮らしてきた恵小は、言葉で反論する知恵がない。それでも認めてしまえば孫を失う。葛藤の中で恵小は答えを導き出した。

「だったら、あたしが代わりになるよ、燕成先生」

老女とは思えない力で村長を振り切り、恵小は燕成の膝に縋った。

「それでいいだろう、燕成先生。誰かが捧げられればいいんだ。そうじゃないか？　あたしでいい、あたしはもういつ死んでもいいんだ」

「お祖母ちゃん！」

祖母の懇願が苦しくて、自由にならない身体を折り曲げながら幸真は叫んだ。

どうしてこんなことになったのだろう。

小さな時から運がなかった。

ほんの少しだけ今より幸せになりたかっただけなのに、いつも上手くいかない。

「幸真を放しておくれ！」

「恵小さん……あんたの孫は、卜占師が正式に選んだ捧げものなんだ……代わりの人間はいない」

獣のような叫びを上げて、恵小が燕成の胸に摑みかかった。

「返せ！　幸真を返せ！　人でなし！」

燕成が小うるさい虫を払うように手で恵小の胸を強く突き、反動で地面に倒れた恵小はしたたかに頭を打った。

「お祖母ちゃん！」

動かなくなった恵小に燕成が微かに笑ったように見えた。

「始める」

気を失った恵小をそのままにして、燕成が卜占師から受け取った松明で幸真の足もとに積み上げた木々に火をつけた。

取り囲む村人たちの白い顔が火で赤く煽られて鬼のように見えた。

「鳳成！」

愛しい人の父親に死を投げ与えられた幸真は再び叫んだ。

「僕が邪魔だったらいつでも言ってくれればよかったのに！　鳳成の邪魔をするつもりは一度もなかったんだよ！」

振り絞った言葉に燕成の顔が歪んで見えたのは、炎が作る陽炎《かげろう》のせいだろうか。

だがもう命が潰《つい》えようとする今、幸真の頭にあるのは鳳成のことだけだった。

鳳成を独り占めできるなんて思っていなかった。いつかは村のみんなに返さなければならない、大切な人だとわかっていた。

なのに自分は愛し過ぎてまとわりつき過ぎたのだろうか。彼は幸真が重たくて、面倒になったのだろうか。

「鳳成……どうして……どうして……」

溢れ出る涙も炎の勢いを消すことなどできない。足が火に炙《あぶ》られたと感じた次の瞬間粗末な衣を炎が舐めた。

「鳳成！　鳳成！」

この身体が燃え尽きる前に言わなければならないことがある気がして、幸真は天を仰ぐ。

「鳳成！」

意識も身体も火で犯されて、自分はもうすぐこの世に住む人ではなくなる。

肉体の激しい苦痛と共に精神も壊れていく。

人ではなくなる――。

「さよなら、鳳成」

鳳成がくまなく愛撫してくれた身体が炎に包まれる寸前に、幸真は最期の声を上げた。


濃い霧の中をゆらゆらと歩いて行くと、橋の擬宝珠《ぎぼし》が見えてきた。

幸真は真っ直ぐに橋のたもとに行き、そこにいた白い道袍姿の老婆に頭を下げた。この人が河の番人だとすぐにわかった。

これから自分は忘川河《わすれわたりのかわ》を渡るということも知っている。

「幾つだい？」

「十八です……いえ、でした」

自分はもう死んでしまったのだから年を数えることはなくなる。そう思いながら言い直すと老婆が笑う。表情が動くと妙齢の美しい女に見えて、驚いた幸真は目を擦った。

それに気づいたらしく女番人が面白そうな顔をした。

「おまえさん、ここがどこだかわかっているんだね」

「はい……冥土へ行く前に渡る忘川河ですよね。祖母から聞いてました」

「そうかい……」

老婆は気の毒そうに吐息をついた。

「知らないほうが幸せなのにね……覚悟を早くしすぎて、その年でこっちに来ちまったのかねえ」

そうなのだろうか。

老婆の言葉に触発されたように、自分の短い人生を振り返る。

小さいころに両親を亡くし、祖母との生活は毎日がぎりぎりで大変だった。でも祖母は優しかったし、何より鳳成に会えた。

頭がよくて、凜々《りり》しくて、優しい鳳成。

手の届かないと思っていた人が「好きだ」と言ってくれてからは夢のような毎日だった。村の名士の息子で、自身も医者の鳳成とは身分も立場も違う。いつか別れなければならないとわかっていたが、それを補ってあまりあるほど彼との時間は満たされていた。

けれど決して生きて結ばれることはないともわかっていた。

それならば生まれ変わっていつか結ばれようと、そう決めていた。

だからこんなに早く別れがきたのだろうか。

「……そうなんでしょうか……前向きに生きなかったから、僕はここに来てしまったのでしょうか」

今ごろしても遅い後悔がじわじわとこみ上げてきて迷いが言葉になった。

「さあね。生きたくて仕方がなくても来るときは来る。命根性が汚くて、ここに来てもまだ生きていると思う者も来る。どういう理由で来るのか、あたしはわからないよ」

番人は悟ったような眼差しを向け、膝の前に揃えてあった青磁の水壺《みずつぼ》と茶碗を取り上げる。

「さて、飲むかい？　それともやめておくかい？」

「あ……忘情水《わすれなさけのみず》……」

番人の問いかけで、水壺の中身に気がつく。

――『忘情水』を飲むと、現世でのことを全部忘れるんだよ。……忘情水を飲まなければ、それまでのことをずっと覚えたまま、新しい命がもらえる。

鳳成にこの言い伝えを話したときのことを思い出す。

村が一望できる丘の上の爽やかな風も、肩を抱く鳳成の温もりも、一緒に甦って幸真は胸が詰まった。

あの温かさを味わった日は終わった。

『好きだ』とも、『幸せにする』とも二度と言ってもらえない。

「鳳成……」

もう会えない人の名前を呟くと、自然と涙が溢れた。

「……まだ泣けるんだ……」

頬が濡れることに驚く幸真をじっと見つめていた老女が頷く。

「忘川河を渡るまでは、半分向こうの人だからね。でもそんなに時間はない。向こうに渡らないとどんどん腐っちまうからね」

幸真は自分の身体に触れて、まだ形を成していることを確かめた。

鳳成が愛してくれたこの身体はもうすぐ溶けてしまう。そして鳳成へ抱いていた愛も消える。

「……もう終わりなんだね……」

住む世が分かれてしまった鳳成へ向けて幸真は囁く。

「ずっと……僕は鳳成に迷惑ばかりかけていたんだから、仕方がないよ……」

本当に彼が自分を見捨てたのかという思いはまだどこかにある。戻って確かめられるものなら、たとえ惨い真実であってもかまわないから、鳳成自身の口から直接聞きたい。

でもそれが叶《かな》わないならば忘れよう。今でも鳳成を愛しているから、これ以上彼を苦しめたくない。鳳成の記憶を残して生まれ変われば、また必ず彼を愛し、傷つけてしまうだろう。

たった十八年しか生きなかったけれど、鳳成に会わない百年を生きるよりずっと幸せだったと思えるから、もういい。

幸真は青磁の茶碗に手を伸ばす。

「ください」

上目遣いに幸真を見あげた老婆は、茶碗に忘情水を注ぐと幸真に手渡した。

「お飲み。次に生まれてくるときは、哀しいことも辛いことも忘れているよ」

受け取った幸真は、茶碗に震える唇を当てた。

哀しいことも辛いことも、そして幸せだったことも忘れる。

——おまえを幸せにできないままに俺があの世に逝ったときは、その忘情水とやらを飲まないで、俺は忘川河を渡るよ。

あの言葉だけで充分幸せだった。幸せ過ぎた。

だからもういい。鳳成はちっぽけで何の取り柄もない自分を、これ以上ないほど幸せにしてくれた。

忘情水を飲めば、この幸せな気持ちもなくなる。最後にあのときの身体が痺《しび》れるほどの喜びと、鳳成の口づけをもう一度だけ思い出してから、幸真は茶碗を傾ける。

「さよなら、鳳……」

最後の声は、忘情水と一緒に幸真の身体に飲み込まれていった。

＊　＊　＊　＊

まるで水脈を掘り当てたように、消えていたはずの記憶が迸る。

燃え広がっていく炎の中に、真永はもう一人の自分を見ていた。

「鳳成……」

手におえないほど広がり出した火に泰有たちが青ざめ、右往左往するのも目に入らない。

過去というにはあまりに生々しい己の幻影を見つめていた。

あのとき味わった苦痛より、自分を狂おしく見つめていた鳳成の顔が甦る。

――えくぼはないのか……何故だ。

――忘川河を知らないのか？

――おまえは俺のものだ、わかるはずだ。どうしてわからない！

――ここに星があるのに……どうして。

森の屋敷で暮らしたときに聞いたことが次々に意味を成していく。

真永はぎこちなく自分の頬に触れた。

「えくぼ……」

あるわけがない。自分は忘情水を飲んで河を渡った。

鳳成にえくぼはないけれど、自分を覚えているということは、忘情水を飲まなかったに違いない。

忘川河の話も忘情水の言い伝えも信じているふうではなかったのに、あのときの約束を守って、鳳成は過去を消さないまま河を渡った。

――もうすぐ百年になる。

何故か人として転生が叶わず、鳳成は百年という長い時を半人半獣であることに耐えながら真永を待ってくれていたのだ。

「どうして言ってくれなかったの？　鳳成！」

約束を破った自分が一番悪いとわかっていたが、こみ上げる悔しさを抑えきれない。

出会ったときに打ち明けてくれれば、こんなことにはならなかったに違いない。

もう二度と会えないかもしれないと思うと、絶望で身体が引きちぎれそうだ。

「鳳成！　鳳成！」

炎に巻かれる己の幻影を払い、赤く染まる森に向かって力の限りに叫ぶ。

するとその声に呼応するように、森のあちこちから狼が飛び出してきた。

「お、狼だ――食われるぞ……」

手の施しようもない炎の勢いに呆然《ぼうぜん》としていた泰有たちが後ずさりをする。

「逃げるんだ！　早く！　村へ戻るぞ」

辛うじて虚勢を保っている泰有が、なんとか声を上げる。

だが森から村へ吹き付ける風が早晩村へ火を運ぶだろう。逃げる場所としては不適切だ。

真永がそれを言う前に、狼たちが一斉に高く咆吼する。何を言っているかはわからないが、鋭く響く鳴き方は村人たちへの警告だというのはわかった。

狼たちの声で村人の誰かがこの火に気がつくはずだ。たとえ人狼を信じていなくても、一斉に吼える狼たちの声を無視できるはずがない。

村へ向かって逃げ出そうとする泰有に一匹の狼が飛びかかって、黄蘗色の衣に牙を立てた。

「うわ――っ！　やめてくれ！　誰かこいつを引っぱがしてくれ」

見せかけの強がりが剝がれ、泰有は無様に叫ぶ。

だが狼はその衣ごと泰有を引きずって走り出す。すると他の狼たちも、青年たちを促すように振り返りながら走り始めた。

「……なぁ、ついてこいってことか」

「みたいだな……」

「狼が……守ってくれるんじゃないのかな……」

「また火が広がる……もう従うしかないよ……」

指導者を失った若者たちの頭には、この窮地をのりきることしかない。ついさっきまで昔からの狼信奉を貶《おとし》めていたことさえ忘れている。

「狼について行こうよ……狼って頭いいんだろう？」

「そうだよ。逃げる場所を動物なら知ってるはずだよ」

顔を見合わせ頷きあった青年たちは、いっそう強くなった炎の勢いに押されて狼について走り出す。

祖母のことが頭をよぎるけれど、今の真永はここから動くことができない。

火に巻かれる過去の自分と一緒に、今の自分の魂が燃えている。百年も待っていてくれた鳳成を惨く見捨てた罰だ。

「鳳成！　鳳成！」

迫り来る火に抗って真永は叫ぶ。

このまま燃えても、血を吐いて命を失ってもいい。

せめてもう一度だけ、鳳成に会いたい。この世でたった一人だけでいい、誰かが自分を許してくれるなら、もう一度会わせてほしい。

「鳳成！」

全身の力を振り絞り、思いの丈を全て込めて名前を呼んだ。

森を震わせるほどの咆吼が真永の叫びに応え、次の瞬間炎の中から銀色の獣が飛び出してきた。

月輪熊と戦ったときと同じ大きな銀狼が真永の足もとに舞い降りた。

「鳳成……」

あの夜とは違い、炎を受けた銀色の毛は乱れて艶もなく、瞳はくすんでいた。だが炎を怖れない勇猛な目の色はあのときと同じだ。

たとえ狼の姿でも最後に鳳成に会えたことが嬉しい。

だが真永が口を開く前に、狼は低く唸り、背中を押しつけてきた。

「……乗るの……」

一声鋭く吼える声は命令だった。

ためらいなく狼の背中にまたがり、その首にしがみつく。

真永が体勢を整えるやいなや、狼は凄まじい勢いで燃える祠の中に飛び込む。

それでも少しも怖いとは思わない。このまま鳳成と一緒に燃えてしまってもかまわない。

新しく得た命を鳳成とともに終われるのなら本望だ。

忘川河を二人で手を繋いで渡る。忘情水は飲まずにまたいつか二人とも転生する。

今度は必ず頬にえくぼをつけて、次の世に生まれ変わろう。

だが真永を背中に乗せた銀狼は炎をすり抜けて人狼の屋敷に辿りつき、奥の部屋に真永を運んだ。蔓草模様の赤い絨毯《じゅうたん》のそこは、最初に二人が再会した部屋だった。

森の火はここまでは届かず喧噪《けんそう》すら聞こえない。

まるで何事もないような静けさの中、人狼は赤い敷物の上に倒れ込んだ。

「鳳成！」

毛先が燃え、四肢が痙攣する狼を抱いて真永は叫ぶ。

「しっかりして、鳳成」

目を閉じたまま息が薄くなる狼に真永は頬をすり寄せた。その身体が温かいことを肌で確かめる腕の中で、ゆっくりと狼が形を変えていく。

痙攣していた足の鉤爪が消えて、長い指になり、やがて手足となる。焼け焦げている毛皮が徐々に人の肌になり、男の裸体が現れた。

最後に、真永が頬をすり寄せていた獣の顔が、会いたかった人のものになった。

「鳳成！　目を開けて、鳳成」

真永の呼びかけに応えてゆっくりと瞼が開き、覗き込む真永を光の薄い目で見あげる。

「気がついた……大丈夫？」

安心させるように瞬く黒い目に少しだけ生気が戻り、ひび割れた唇が動いた。

「……怪我はないか」

「うん、ないよ。鳳成」

焼け焦げた鳳成の黒髪に触れると涙が出てきた。

「……泣かなくていい……村の者はみな狼に連れられて川へ逃げただろう……おまえの祖母は、おまえが可愛《かわい》がっていた狼に頼んだ……大丈夫だ」

身体中の力を使って鳳成は息を継ぐ。

「……もうすぐ……大雨が森に来る……やがて火も収まるだろう……そうしたらおまえは村へ戻れ……」

「いやだ！」

濡れた頬を鳳成に押しつけて、今にも息が絶えてしまいそうな鳳成を抱き締める。

「ずっと一緒にいる。鳳成といる」

「……どうした……急に……」

驚いて見開く瞼さえ重く、今にも閉じてしまいそうだ。

「許して、鳳成」

彼を失う不安に駆られ、真永は抱き締めた鳳成に縋りつく。

「鳳成だよね。鳳成、鳳成……僕は……あなたを忘れていたんだ。……許して……ごめんなさい……本当に……僕は……」

涙が流れ、声が詰まって上手く言葉が出てこない。抱き寄せた鳳成の胸に顔を埋め、真永は泣きじゃくった。

鳳成の鼓動は薄く、もうすぐ止まってしまいそうだ。

だがゆっくりと手を持ち上げた鳳成は真永の髪を撫でた。胸が薄く上下して彼をこの世につなぎ止める。

「顔を見せてくれ……真永」

顔を上げると鳳成が涙で濡れたその頰を撫でる。

「……えくぼ、ないんだな」

「ごめんなさい」

また流れた涙が鳳成の指を濡らす。

「あんなに約束したのに僕は……忘川河を渡るときに忘情水を飲んだんだ」

「そうか……そうだったか。だが……それでいいんだ……おまえは信じられないほど辛い目にあった……忘れたいと思うはずだ…………俺は憎まれて当然だったんだ」

真永の傷を癒やす指が、流れ続ける涙を拭った。

「忘れたかったんじゃない。覚えていたら鳳成が辛いだろうと思ったんだ――僕が邪魔だったんなら、忘れたほうがいいと思ったんだ……鳳成を苦しめたくなかっただけなんだ」

言い訳をしてもどうにもならないとわかっていたが、言わずにはいられなかった。

今でも少しも変わることなく、あなたを愛している――そう言う権利はなくても、憎んでいると思われるのは耐えられない。

「……邪魔か……」

激しい苦痛に襲われたのか彼の顔が歪む。

「最後に聞いてくれ……」

残った力を使い果たそうとしているように胸が大きく動いた。

「俺は裏切っていない……父と村人に騙された。けれど、おまえを救えず、あんな目にあわせたのは俺だ……俺は……おまえを幸せにするどころか、あり得ないほど不幸にした。狼になったのはその罰だ」

「鳳成……」

この期に及んで鳳成が嘘を言うわけもない。あのとき聞けなかった鳳成の言葉は、真永が、心の片隅で望んでいたのと同じだった。

鳳成が自分を見捨てるわけがない、邪魔にするわけはないと、本当は信じたかったのだ。

長く暗い時を経てやっと聞けた言葉は真永の胸をいっぱいにして、ただ頷くしかできない。

「許してくれとは言えない……けれど、こうして生まれ変わったならば……今度こそ、幸せになってくれ……それだけが俺の願いだ」

真永の頬を撫でていた手が力なく滑り落ちるのを握りしめて、真永は消えそうな命に呼びかける。

「それだったら僕も同じだよ、鳳成。あなたを忘れないってあんなに約束したのに、ひとときの感情に振り回されて、あなたを忘れようとした。あなたが罪を負うなら僕も同じ」

あのとき忘情水を飲んだ自分の弱さを真永は責めた。

どんなに辛くても哀しくても忘れないと誓ったのに、鳳成のためだというきれい事で取り繕って、あまりにも辛い哀しみと一緒に彼を忘れることを選んでしまった。

「お願いだ、鳳成……僕を許してくれるなら、置いていかないで」

冷たくなっていく身体を抱いて、真永は絶叫する。

「もう一度僕と生きて！　鳳成。僕はあなたしか愛せない。僕を幸せにできるのはあなただけなんだ！」

真永の叫びが石の壁に跳ね返り、息絶えようとしている鳳成の身体に染み渡る。

「鳳成――お願い！　あなただけを愛しているんだ。この先もずっと、何度生まれても鳳成だけを思うから、逝かないで！」

閉じようとしていた鳳成の瞼が開き、唇が微かに動く。

「俺を許してくれるのか……もう一度愛してくれるのか」

息のように密やかな声に、真永は首がちぎれるほど頷いた。

「あなただけを愛している。忘情水でも、僕のあなたへの気持ちは消せなかった……どれほど月日が経っても、遠くにいても、この思いは変わらない」

「真永……」

黒い瞳に光が宿り、抱き締めていた胸の鼓動が強く打ち始める。

「鳳成……？」

温かい腕が伸びてきて、真永の身体を抱き締めた。

「……愛している、おまえだけを」

そう言った鳳成の瞳からは獣じみた色が消えて、自分が愛したかつての鳳成その人に生まれ変わっていく。

「鳳成……戻ってきてくれたんだね……」

頰を濡らしたまま微笑み、温かさが甦った胸に頰を埋める。

「おかえりなさい、鳳成」

頷いた鳳成の唇が旋毛に触れるのを感じながら、真永は目を閉じて愛しい人の肌の温もりを確かめ続けた。

捌

朝食の支度を終えた真永は、まだ眠っている鳳成を起こしに行く。

寝台からはみ出しそうになって熟睡している鳳成に声をかけた。

「起きて、鳳成。朝ご飯ができたよ」

うーん……と唸り声を上げた彼は眠そうに背中を向ける。

「ほら、起きてよ。今日は大先生《おおせんせい》と一緒に往診に行くんだよね。そろそろ支度しないと」

森から戻ったあと真永は祖母を連れ、鳳成と一緒に三人で小さな家に住み替えた。

真永の幼なじみで医者の卵という触れ込みで、鳳成は新しく村人になった。不安もあったが、村のために人狼のもとへ行った真永の知り合いという理由で、村の人は最初から彼に好意的だった。

今はたった一人しかいない村の医者のもとで働いている。

親切で明るく、何より薬草に熟知した鳳成はあっという間に村人の信頼を得て、彼の出自をあれこれ言う者はいない。

「眠い……」

丸まってまだ眠ろうとする肩に真永は手をかける。仕事で夜更かししたのがわかっているので、起こす声が遠慮がちになる。

「今朝は鳳成の好きな、椎茸《しいたけ》と豆腐の清湯《チンタオ》だよ。早く食べないと冷めちゃうよ」

「う……ん……それは美味しそうだな」

やっと言葉を発した鳳成は、重たい瞼を上げて真永のほうを向く。

「子好さんは？」

「畑に出た。朝のうちにやっておきたいことがあるんだって。鳳成が出かけたら、僕も手伝いに行くよ」

「……あぁ、そうか……ってことは、早く出かけないと子好さんに申し訳ない」

そう言いながら鳳成は腕を伸ばし、いきなり真永を布団の中に引き入れた。

「ちょっと、鳳成、何するの！」

慌てて寝台から下りようとする真永を押さえて、鳳成がのしかかってきた。

「椎茸と豆腐は捨てがたいが、俺は今、もっと食べたいものがある」

にやっと笑った鳳成は、真永の唇に勢いよく唇を合わせる。

「ん……ちょ……」

押し返そうとするのを軽々と押さえ込まれ、熱い舌が口中をまさぐる。上顎を丹念に舐められていると、頭がぼーっとして心地がよくなり、真永は自分から舌を絡めた。

「駄目だよ……」

思う存分真永の唇を味わった鳳成がようやく唇を離すと、真永は一応たしなめたもののとろんとした口調は隠せない。

「そんな蕩けた顔で言われて、引き下がる馬鹿がどこにいるんだ。ん？」

耳朶《じだ》を甘噛みした唇がもう一度真永の唇を吸い上げる。

「うん……ぁ……」

真永の濡れた唇が熱を持って、自分から鳳成の唇にぴったりと重なる。口中に入り込んだ舌先が頰の裏側を擦るたびに、ちりちりと頭の中に火花が散った。

「おまえの身体は俺が一番わかっている、駄目ならしてない」

耳をねっとりと舐めた鳳成が笑いを含んだ声で囁く。

「知らない……鳳成って……」

我ながら甘ったるい声に頰がかっと熱くなった。

「俺は知ってるぞ、真永。いい気持ちなんだろう？」

「……うん……」

柔らかく濡れた唇を鳳成の器用な指で撫でられると、それ以上嘘がつけなくなる。

「おまえは素直だな」

唇をからかっていた指先が、今度は子猫をあやすみたいに顎をくすぐる。鳳成の指は甘い魔法のように真永を蕩かす。その魔法にかかると、ひたすら甘やかされていればいい心持ちになり、真永は彼の胸に額をすりつけた。

「もっと気持ちよくなるか？　それとも起きなくちゃ駄目か？」

真永の頭の後ろを大きな手で抱え、旋毛に唇を当てて鳳成が囁く。

「……意地悪を言わないでよ……鳳成」

朝食が冷めていくことも、畑で待っている祖母のことも、頭の中から消えてしまう。

「おまえみたいな可愛いいい子に、意地悪なんてしないさ」

「……僕、いい子じゃないよ」

子どものように頭を撫でられながら、真永は頬を厚い胸板にすり寄せた。

「鳳成のことを考えると、他のことは何も考えられなくなる……鳳成といられたらそれでいいんだって気持ちになる。仕事なんてしなくていいって思ってしまう……鳳成といるとすごく自分勝手になるんだ」

訥々《とつとつ》と訴える真永を両手で抱き締めた鳳成はその髪や頬に口づけをする。

「それでいいんだ。こうして二人きりでいるときは、俺のことだけ考えてくれ。自分勝手にな

って俺を束縛してくれ――俺はおまえのためならこの世だって差し出せる」

大げさな言い回しには、百年もの間ひたすら真永を待ち続けた男だけが持つ真実が溢れていた。その言葉だけで胸がいっぱいになり、この人のためだけに生きようと何度でも思う。

「うん、……うん……わかってるよ……鳳成。僕にはあなただけだ。あなたにずっとついて行くよ。あなたが嫌だって言っても、もう絶対に離れない」

「嫌なんて言うわけないだろう」

笑い飛ばした鳳成が真永を寝台に横たえて生成りの衣を解いた。

「……ん……」

肌が外気に触れた感触と恋人の視線を感じただけで吐息が洩れた。

「可愛いな……すぐその気になってくれる」

「……やだ」

二人だけの時間に交わす、たわいのないからかいと濡れた拒絶は媚薬でしかない。

鳳成が薄紅色の胸の尖りに触れたときには、小さなそれは硬くなりつんと尖っていた。可愛らしいその尖りを鳳成が指の腹で摘《つま》む。

「ん――っ」

それだけで腰骨の辺りに熱が走り抜けた。薄い胸の皮膚は過敏で、どんな刺激にも反応する。

「……あ……」

まだ触れられてもいない下腹の徴が硬くなって、腹の筋肉が快楽の波を打つ。四肢に伝わる甘い熱波に白い肌がじんわりと艶を帯びた。

「鳳成……」

その名前を呼ぶたびに腹の奥が熱くなる。何度呼んでも足りない気がして焦《じ》れた真永は彼の髪に指を絡めて自分の胸に引き寄せる。

「もっと……してよ」

「ん……」

喉の奥で応えた鳳成がその乳首を唇で咥《くわ》える。

温んだ舌が凝った突起を舐めて、執拗に弾く。真永の腹に伝わる刺激は痺れるほど鋭く、勃《た》ちあがった徴がぴくぴくと震えた。

「ん……ぁ」

乳首を弄《いじ》られるだけで溢れ出しそうな昂《たか》ぶりに襲われて、真永は鳳成の腹に硬い自分をこすりつけた。

「もう達くのか？　まだ何もしてないぞ」

大きな手で皮膚の薄い腰骨を撫でられると、またそこからぞくぞくと肌が粟立つ。

「ん……だって……鳳成……気持ちがいいんだもの……」

自分だけが夢中になったようで恥ずかしいけれど、素直に快楽を口にする。

甦った過去は今でも生々しく真永を苦しめることがあるが、それ以上に鳳成に再会できた喜びが強い。この先はなんでもこの人に言えばいい。

怖いときは鳳成に甘えればいい。

助けて、そう手を伸ばせばいつでも鳳成が守ってくれる。

鳳成もその揺れる気持ちを全てわかっているように、どんなに縋っても甘えても突き放さない。自分が鳳成のために生きることを決めたように、彼もまた真永をどこまでも受け入れることを決心しているのだろう。

「じゃあもっと気持ちよくなろう……どこをどうしたらこの可愛い身体が感じるか、俺はおまえよりよく知っているよ」

鳳成の手が下腹におりて雫を零す屹立《きつりつ》を握る。

「あ……ぁ」

他人の肌の熱が触れただけなのに、いっそうその場所が硬く膨れ、先端から雫がぽたぽたと零れた。

今にも達してしまう震えをこらえようとした真永の眉間に皺が寄る。

「なんて顔してるんだ……嫌なことをされてるみたいだぞ。もっといじめたくなる顔だけれどな」

微笑んだ唇が眉間に落ちてきてその強ばりを解こうとする。

「だって……我慢できない……」

「我慢しなくていい。いつでも達けばいい」

真永の腹のうねりに合わせるように、屹立の粘膜が擦られて真永は腰が浮いた。

「……いやだ……もっと……ずっと長く……気持ちいいのがいい……」

自分でも何を言っているのか判然としないが、今は一気に昂ぶりたくはなかった。こうしていつまでも鳳成の愛撫を受けていたい。

甘やかされて、ぐずぐずにされて、全身が蕩けるまでずっとこのままでいたい。

「まだ……達きたくない……もっといっぱいしてほしい」

「そうか……じゃあもっといっぱいしよう」

「うん……いっぱい気持ち良くして……」

喘ぎながら真永は頷いた。

直截な言葉の裏を読んだ鳳成が、今にもはち切れそうな真永の芯の根元をぐっと指で握る。

噴き出そうとしていた快楽が身体の中に押し戻されて真永は小刻みに痙攣した。

「あ――」

溜《た》まった熱が身体の中に逆流してくる衝撃は、五臓六腑に熱湯を流されたようだ。真永の身体を本人より知っていると豪語する鳳成に、真永は甘い苦しさを訴える。

「熱い……よ……鳳成」

「もっと熱くしておまえをどろどろにしたい」

鳳成の身体がすべりおり、根元を締めつけた徴の先を唇で咥えた。

「う……ぁ……」

舌先が薄い粘膜を舐めて、鈴口を丹念に掘り起こす。

細く鋭い悦楽が狭められた根元から身体の中に入り込み、腹の奥から背中まで突き刺さった。

「鳳成……ぁ……」

ぬちゃぬちゃと水音を立てて、鳳成は硬い徴を飽きることなく舐《ねぶ》り、鈴口から間断なく零れる雫をすすり上げる。

「真永……膝を立てて足を開け……全部舐め尽くし、おまえを飴みたいにとろとろにしたい」

そう命じる鳳成の声も欲情で濡れて掠れている。

法悦に浸っているのが自分だけではないことが嬉しくて、真永は疼く腰を持ち上げて足を広げた。

「ああ……子どもみたいな顔でおまえは淫らだ……男を誘うここがぽってりと花びらみたいに赤くなっている」

興奮を抑えた声を出した鳳成が、奥の窄《すぼ》まりを舌先でぐるりと舐めた。

「あ……ぁ……ん」

襞を作る薄い皮膚がひくひくと蠢き腸がうねる。

鳳成の雄を求めてひくつくそこを彼の舌がねっとりと舐めて柔らかく寛げる。舌先が粘膜の内側まで丁寧に舐った。

「はぁ……」

指先に触れる鳳成の髪が甘い汗で濡れていくのがわかる。

「気持ちいい……鳳成は……気持ちいい……？」

返事の代わりに舌先がぐっと襞の奥まで差し込まれ腰が浮き上がった。

身体の中の熱が出口を求めて暴れ回り、心臓まで熱で焦げそうになる。

「熱い……」

思わず口走ると、鳳成の動きが止まった。

「怖いか……熱くて怖いか？」

身体の下から届く低い声に答えて真永は首を横に振る。

「鳳成が熱くしてくれるのは嬉しい……もっと熱くしてほしい」

熱い呻きを零した鳳成が再び真永の徴を咥えて激情のおもむくままにきつく吸い上げた。

「あ——もう……駄目……」

いきなりの激しい刺激に、身体の熱がはじけそうになる。

「達く……もう達く……手を離して、鳳成……ぁ……はぁ」

鳳成の髪を引きながら熱の出口を求めて身体を捩った。

「一緒に達かせてくれ」

手早く寝衣を寛げた鳳成が覆い被さる。その広い背中に真永は腕を回し固く胸を合わせた。

「真永」

たったそれだけの音に、真永への愛しさが溢れている。

「鳳成——」

答えた自分の声もまた同じ思いに満ちているはずだ。

息だけで頷く鳳成の雄が蕩けた襞に穿ち入れられる。

「ん——」

広い嵩《かさ》に違和感を味わったのは一瞬で、蕩けた媚肉はすぐに猛る雄を包み込む。

「大きい……熱い……」

身体の中に埋め込まれた鳳成を確かめるように蜜襞を締めながら呟く。

またこの人を失ったらどうしよう——未だにその気持ちが消えない。生きている彼を自分の身体で確かめることをやめられない。

「ん——」

微かに呻いた鳳成が真永のぬかるんだ媚筒の中で律動を始めた。

腰を回すようにして媚筒の中をくまなく擦り上げ、真永の身体を喜悦へと導く。

朝日の入る部屋の中には不似合いの粘つく水音も、熟れた肉のこすれあいが生み出す熱も真永は受け入れる。どんな淫らな行為も彼と二人でするものは命を紡ぐためのもの。

二人で作り出す時間を全部忘れたくない。

身体の中でどんどん膨れて硬くなる雄をもっと味わいたくて、真永は自らいっそう蜜襞を絞った。大きな嵩が媚筒に隠れた悦楽の目を擦って、腹の中にさらに上の悦楽を生む。

「は……ぁ……達く……」

熱い波が押し寄せる間隔が短くなり耐えきれずに、真永は鳳成の腰に足を巻きつけた。

「もっと奥まで擦って……もっとあなたのものにして……」

思い切りその腰を引き寄せようとすると、鳳成が抉るように雄を突き入れて腰を合わせた。

「おまえは俺のものだ……」

身体が裂けるほど奥まで熱い雄が入り込み、勃ちあがった真永の徴が二人の腹の間で擦られる。

「あ……はぁ……」

鳳成の首に吹きかかった息は熱の珠になって真永の唇に戻ってくる。

「……はぁ……」

蜜筒のもっと奥の腹の中で鳳成の雄の形を感じたと思った瞬間、媚筒がその雄を食いちぎらんばかりにぎゅうと締まった。

「あ……」

下腹がうねった反動で真永の徴から熱が吹き出る。

焦らされ続けた精は熱く粘つき、際限なく二人の腹を濡らした。

「鳳成も……達って……」

もう一人はいやだ。

楽しいことも苦しいことも、そしてこの果てのないような快楽も一緒に味わいたい。

鳳成の雄を締めつけると身体の中に彼が放つ飛沫《しぶき》が迸った。

「鳳成……」

「ん……真永……」

身体の力を抜いた彼が真永を抱え直し、優しく頬に口づけをする。

「感じてくるとおまえの肌は、いい匂いがするんだ……」

濡れた真永の肌に顔を寄せた鳳成が夢心地で呟いた。その仕草は彼がこれまで生きていた年月を忘れさせるほど幼く、そして無邪気だ。

猛々しさのない子どもめいた表情を見ていると、やっとこの人が自分の手に戻ってきたと感じる。

「鳳成……好き……」

自分に触れる唇も、舌も、指も、肌も声も全て大切でたまらない。気の遠くなるほど長い間、彼が自分を思い続けてくれた以上の思いを返したい。

「大好き……鳳成」

仕事に真面目な鳳成も、自分を淫らにさせる鳳成も、限りなく愛おしい。

鳳成が望むならなんでもしたい。できると思う。

「真永、真永……おまえなしでは……俺は生きていられない」

極まった感情に呻いた彼は真永の肩に唇を当てた。

「背中を見せてくれないか」

罪悪感が浮かぶ声に従って、真永は素直に身体を返す。鳳成の唇が貝殻骨の辺りを彷徨《さまよ》った。

「……星が……なくなった……」

「うん。そうだね」

人狼だった鳳成に噛まれて膿《う》んだ傷は、治りはしたが痕が残った。

北斗七星の形に愛らしく散らばっていたほくろは、獣のような噛み痕を残し、皮膚はひきつれている。

「俺が……こんなふうにした。狼だった俺が、おまえの肉を食った……」

肌に触れている唇が震えるのを感じながら真永は首を横に振る。

「違う。僕がちゃんと手当てをしなかったのが悪いんだ。鳳成のせいじゃない」

「俺はいつもおまえを傷つける……」

背中から聞こえる声には憂鬱が滲み、鳳成の中に人狼だったときのわだかまりが残っているのを感じさせる。

「忘れちゃったの、鳳成……僕のものは全部あなたのもの。だから背中の星も鳳成のものって言ったよね」

「……そうだったか……」

覚えているのか忘れたのか、声だけではわからないけれど、真永は言葉を続ける。

「あなたが僕の星を食べたのなら、今あの星は鳳成の中で輝いているんでしょう？　この先ずっと鳳成といるんだから、それでいいよ」

息を荒くした鳳成が泣くように呻いた。

「真永……俺の命はおまえのものだ。この身体の中にある星と一緒に、いつでもおまえにくれてやる」

「僕だって同じだよ、鳳成……僕のものはなんでもあげる」

「真永……もう一度、いいか……」

背後からまだぬかるんだ蜜孔を探られて身体の中に残っていた熾火《おきび》が大きくなる。

「痛くしないから」

子どものような口調が何故か愛しく、真永は自分から腰を上げて鳳成を誘う。

「来て、鳳成。あなたのことはいつだってほしいよ」

「真永……俺の真永——今度こそ幸せにする。どんなことをしても幸せにする」

そう誓った鳳成が背後から真永の身体の中に雄を穿ち入れた。

「あ——」

硬い雄が細い道をこじ開ける僅かな痛みは熱い熱に溶かされて、すぐに緩やかな悦楽に形を変えた。

「……あ……」

背中から真永を抱く鳳成の肌があの日の炎のように熱くなっても、真永はもう何も怖くない。

「鳳成……鳳成……ずっと一緒だよ……」

背後から真永を抱き締めて繋がる恋人の手に、自分の手を重ねて強く握った。

自ら腰をうねらせて真永は鳳成の雄を身体の中に引き入れる。この人の熱を自分の何もかもで覚えておこうと思いながらその形を身体の奥に刻んだ。

たとえこの命が終わっても、この世が続く限りまた自分は鳳成に会うだろう。

「永遠に一緒だよ……鳳成……愛している……」

言い尽くせない愛で身体を満たし、真永が幸せの頂点の中で再び精を迸らせると同時に、鳳成が真永の中に愛に似た熱を注ぎ込んだ。


「冷めちゃったよ。温め直そうか」

清湯を碗によそいながら尋ねると、欠伸《あくび》をした鳳成が首を横に振る。

「おまえを抱いた熱冷ましにちょうどいい」

朝食には相応《ふさわ》しくない戯《ざ》れ言を言いながら卓に座った。

「もう……食卓で言うことじゃないよ」

唇を尖らせた真永に屈んできた鳳成が軽く口づけをする。

「ちょ、ちょっと鳳成……」

慌てて身体を引くと、にやっと笑って鳳成は箸を手に取った。

「こういうことは子好さんがいるときはできないからな。大目に見ろ」

そう言われると、膨らませた頬をひっこめるしかない。

「早めに、お祖母ちゃんと僕で近くに引っ越さないとね。鳳成はここを診療所にしたいでしょう」

「いや……まだそれはいいな。一人前じゃないし……大先生をしばらく手伝うつもりだよ。診療所を開くにしても、人を雇うような金はないから、真永にも勉強して手伝ってもらいたいんだ」

「うん。そうだね。僕も頑張るよ。いつになるかなあ……楽しみだね」

鳳成の屈託に気づかない振りで明るく答える。

彼が薄給で働くのは、遠い昔、自分が村へ犯した罪の償いのためだと察していた。過去のことを鳳成はほとんど口にしない。それでも話の端々から、真永は怖ろしい事実を導き出した。

彼が自分にそれを打ち明けないのは罪を隠したいのではなく、これ以上自分に重荷を背負わせたくないからだろう。

もちろん罪は罪だ。真実をねじ曲げて彼を庇《かば》うことはできないが、受け入れることはできる。共に償っていく覚悟はある。

何があっても鳳成を愛していく。その気持ちに変わりはなかった。

互いに思いは同じなのだろう。

幸せそうに微笑んだ鳳成が話を変える。

「そういえば、大先生のところに東原村長のところの泰有が来たぞ」

「体調が悪いって噂は聞いたけれど、やっぱり本当だったんだね」

狭い価値観で正義を振り回し、村の青年たちを扇動して森に火を放った泰有だが、結局人狼の命を受けた狼たちに救われてすっかり自信を失ったらしい。

狼たちのありがたさを改めて知った東原たちが、森の祠を建て直した。そして焼け落ちた木々を片付け、新しい芽吹きの準備に勤《いそ》しんでいる。

あのとき泰有について行った青年たちもすっかり考えを改めて、今は森の復興に手を貸していた。

ただ泰有だけが屋敷に閉じこもって東原を悩ませているという噂が聞こえてきていた。

「まあ、気鬱だな」

椎茸を口に入れてから鳳成は笑う。

「今まで誰に反対されたことも、注意されたこともないんだろうな。一度の挫折でぽっきりと折れてしまうとは、いかにもお坊ちゃんだなあ」

「……そうなんだ……少しばかり困った人だとは思うけれど気の毒だね。東原さんも村のことで忙しいうえに息子さんがそれでは大変だよ」

親の立場を思いやる真永に鳳成が苦笑する。

「おまえはあんなひどい目にあったのに同情するなんて、本当にお人好しだな。俺だったらここで薬と称して毒を盛る。診療所に自分から来るなんて、獲物が自分から罠《わな》にはまってくれたようなものだ。まさに果報は寝て待て」

「まさか、鳳成、ほんとにやったんじゃないよね？　仮にもお医者さまだよ！」

不穏な台詞に驚いた真永は、思わず椅子から立ちあがって声を上げた。

「するわけないだろう。せっかくおまえを手に入れたのに、これ以上悪いことなどできるか」

顔をしかめた鳳成は手を振って座るように促す。

「紫紫蘇《むらさきしそ》、茯苓《ぶくりょう》、半夏生《はんげしょう》を合わせた、気鬱用の煎じ薬を出しておいた。あとは、失敗は誰にでもあるともっともらしく慰めたぞ」

「そうだね……きっと泰有さんも本当はわかっていると思うよ。目に見えるものだけが真実じゃないって。元気を出して幸せになってほしいな」

「ほんとに、おまえは……まあ、そういうところが、俺は好きだけどな」

甘い苦笑を浮かべた鳳成が、手を伸ばして真永の頬を撫でる。

「僕だけが運が悪いって思ったこともあるよ。でももういいんだ。今の僕は、他の人にわけてあげたいぐらい、幸せだから」

この世で一番大切な人を手に入れた喜びを嚙みしめて、真永は輝く笑みを零した。

終

あとがき

こんにちは。千島かさねと言います。

今回のお話は中国の『えくぼ伝説』をベースにしてあります。えくぼは前世の絆という、ロマンティックさに感激し、是非一度使いたいと思っていました。

的確なアドバイスで見守ってくださいました担当さま、ありがとうございます。本作の刊行に携わってくださった全ての方に、感謝いたします。

お忙しいところ、切なく美しいイラストを描いてくださったｙｏｃｏ先生、どうもありがとうございます。描き出される世界観の素晴らしさに圧倒され、哀切な二人の姿に心が震えると同時に幸せを味わわせていただきました。かさねて御礼申し上げます。

この本を手にとってくださった皆様には、何よりの感謝を捧げます。少しでも楽しんでいただければ幸いです。

各章の数字表記は、全体的なイメージを考慮し壱、弐……と大字《だいじ》を使用いたしました。また、『忘川河』、『忘情水』は実際にある中国の言葉ですが、読み方は本作のために考えたものです。わかりやすさと耳への馴染みやすさを優先させたものですので、ご了承ください。

長々とお付き合いくださり、本当にありがとうございました。

千島かさね拝

初出一覧

火恋　　/書き下ろし

B♥PRINCE
http://b-prince.com

B-PRINCE文庫をお買い上げいただきありがとうございます。
先生へのファンレターはこちらにお送りください。

〒102-8584
東京都千代田区富士見1-8-19
株式会社KADOKAWA　アスキー･メディアワークス
B-PRINCE文庫　編集部

火《ひ》恋《れん》

発行　2016年5月7日　初版発行

著者｜千島かさね

発行者｜塚田正晃

プロデュース｜アスキー・メディアワークス
〒102-8584　東京都千代田区富士見1-8-19
☎03-5216-8377（編集）
☎03-3238-1854（営業）

発行｜株式会社KADOKAWA
〒102-8177　東京都千代田区富士見2-13-3

印刷｜株式会社暁印刷

製本｜株式会社ビルディング・ブックセンター

小社ホームページ　http://www.kadokawa.co.jp/

Printed in Japan
ISBN978-4-04-892169-5 C0193